下北澤搖滾推理事件簿

下北沢インディーズ

岡崎琢磨　／著　丁安品　／譯

目次

「我的音樂將永垂不朽。
或許聽起來像痴人說夢，
但我僅是陳述事實。
我的音樂將永垂不朽。」

——巴布・馬利

track

1

被切斷的效果器

1

「……讓我負責連載專欄嗎？」

我驚訝的聲音響徹單調乏味的編輯部辦公室。

「沒錯，就是『連載』，妳該不會聽成『斂財』吧？」大久保祥一露出笑容，「音無，連載專欄就交給妳啦。」

俗稱《ＲＱ》的音樂雜誌《Rock Question》，我從學生時代起就是這本雜誌的忠實讀者，畢業後也順利進入編輯部工作，目前才到職三個月。雖然由自己來說有些不好意思，但我現在確實是滿懷熱血的時期。話雖如此，突然讓我這種才剛起步的菜鳥編輯負責連載專欄，是不是哪裡搞錯了？

「主編，這是我這種等級的新人能做的工作嗎？」

我忍不住將腦中想的事情說出口。

大久保坐在旋轉椅上，銳利的目光投向站在桌邊的我。

「就是因為妳做得到，我才指派給妳。」

大久保是《RQ》第五任主編，在音樂愛好者之間可說是名聲響亮的大人物，但他實際上只是個喜歡說諧音冷笑話的大叔。我初次見到大久保時內心也充滿憧憬，連說話的聲音都在顫抖。不過，在知名卻人數不多的編輯部裡工作，一直緊張兮兮也不是辦法，再加上辦公室的氣氛原本就很隨性，待了三個月後，我對大久保的態度也變得像是面對小學的班導師，能夠泰然自若地與他對話了。

「這是發掘無名獨立樂團的全新專欄。妳要負責找出還沒被主流廠牌挖走、極具潛力的樂團，寫半頁篇幅介紹他們。」

在日本的音樂業界裡，正式加入日本唱片公司協會的唱片公司稱為「主流廠牌」，其他獨立製作公司則稱為「獨立廠牌」。話雖如此，日本對於主流和獨立的定義相當模糊，舉例來說，即使非日本唱片公司協會會員的廠牌發行了音樂作品，只要在通路或行銷上由主流唱片公司經手，就會被視作主流。申請ISRC（國際標準錄音錄影資料代碼）的音樂作品在通路流通稱作「主流流通」，當音樂作品在主流通路發行，就是一般所謂的「主流出道」。

這類複雜的名詞定義就在此打住，總歸來說，我要負責的連載專欄，主旨似乎是「介紹還沒主流出道的樂團」。

「也就是說，這個專欄不能直接交給大編輯或是人氣編輯，沒錯吧？」

「妳很聰明嘛。反正，妳先努力試試吧。」

在為音樂人撰寫文章時，先聽過對方的音樂作品是最基本的功課，除此之外，還必須擁有能夠引用過去表演和訪談的豐富知識。因此，《RQ》的責任編輯大多會根據對象採取不同作法。採訪能否順利、寫出來的文章夠不夠精采，全都仰賴彼此的交情，甚至如果和對方關係不錯的話，往後就更方便邀請參加活動。對編輯來說，和音樂人打好關係是非常重要的工作，本身就是重要經驗。

「原來如此，如果是這樣的話……」

那還滿輕鬆的嘛……這種話絕對不能說出口。這似乎還算是我能夠勝任的工作。

大久保仰躺在椅子上。

「音無，妳讀過我們家的雜誌吧？」

「當然，我三個月會買一次。」

「妳給我每期都買啊！」

《RQ》是月刊雜誌。

「窮學生沒什麼錢啊……」

「算了，既然妳讀過的話，應該大致上能掌握我們家文章的風格。專欄交給妳沒問題吧？」

如果只是寫文章的話還做得到，畢竟入社筆試時寫過唱片樂評，新人培訓時也受過書寫技巧的訓練。但寫文章以外的部分，就完全不知道該怎麼做才好。

「不好意思，要怎麼挖掘『極具潛力的樂團』呢……？」

大久保皺起眉頭，我趕緊在他開口前繼續往下說。

「我明白可以直接前往Live House或在網路上蒐集資料，只不過，我才剛搬來東京不久，對這塊領域可能沒有主編認為的這麼熟悉。」

我畢業於東北的大學，出社會後才來到東京，連田端和田町都分不清楚，也還沒去過迪士尼樂園呢。

「如果能給我一些建議的話，那就再好不過了……」

「真拿妳沒辦法。」

主編叮囑著「我只幫這次而已喔」繼續說道：「妳去一趟下北澤的『Legend』看看吧。」

「『Legend』……嗎？」

我聽過這個名字，但不曾造訪過。

「是很有名的 Live House 嗎？」

「算是有名吧。不過那裡只能容納三百個觀眾，不是當紅樂團會辦表演的場地，要說歷史也只有十年而已。但是呢……」

主編漆黑的瞳孔突然一亮。

「Legend 老闆看上的樂團，大部分都會走紅喔。」

我吞了吞口水。待在音樂業界，偶爾會耳聞這類奇人異士的風聲。

「事不宜遲，我今晚就去拜訪他。」

「Legend 老闆個性有點古怪，但只要報上我的名字，他就不會太為難妳。畢竟我們在他開 Live House 時就認識了。總而言之，新專欄就交給妳了。」

我裝作沒聽到大久保最後又加上的那句「是『新專欄』，可不是『青江菜』喔！」直接回到自己的辦公桌。我坐上椅子，手撫著胸口。

——我要負責連載專欄了，還是在《RQ》雜誌上！

我渾身興奮得就像感冒發燒似的，剛聽到消息時的滿心怯弱早已煙消雲散。

2

我的姓氏一直以來都受到取笑。

我從懂事以來就很喜歡音樂，不只是聽而已，也在音樂教室學過鋼琴。但是，一起學音樂的朋友總是拿我的姓氏開玩笑。

因為我姓「沒有聲音」的「音無」。每當提到自己喜歡音樂時，總有人反問「妳叫『音無』卻喜歡音樂？」。由於太常發生這種事，正經八百地解釋「興趣和姓氏一點關係也沒有」顯得自己很一板一眼，後來我一律用「山梨縣也有山啊！[1]」來反嗆回去。不過我倒是相當滿意自己的名字「多摩子」，有種古典的韻味。

「人如其名」這句諺語不適用在自己身上，我依舊熱愛著音樂，尤其獨鍾搖滾，不但大學加入熱音社，更在樂團以主唱兼貝斯手的身分積極參與表演。當時我在KTV打工的薪水，大部分都花在器材、唱片和數位音樂作品上了。我內心某處期待著將來能邁

---

1 山梨的日文發音和「沒有山」相同。

向音樂人的璀璨道路，而就算夢想無法成真，從事音樂相關的工作也好，於是下定決心要成為音樂雜誌的編輯。

然而，不少喜歡音樂的新鮮人也都抱持著相同想法，再加上音樂雜誌編輯部的職缺相當稀少，一般來說錄取率僅有數千分之一。看到這樣的錄取率，即使再怎麼有自信、為此累積了多少努力，也無法相信自己會是那打敗其他數千人的佼佼者。我在投出履歷時，也僅抱持著像是買彩券般的淡淡期待而已。

那麼，為什麼我在不知不覺間錄取為正職員工呢？或許可以看做是我的努力終於有了成果，也可能只是走運吧？但是，當我從數千人中脫穎而出、與數十位面試者競爭最後關卡時，我說的這句話肯定讓面試官有了共鳴。

「缺水的人會求水，沒有家的人當然就想要有家。我的姓氏意思是『沒有聲音』，所以我對音樂的渴望絕對不會輸給任何人！」

會是這麼單純的理由嗎？但如果這就是錄取關鍵的話……或許我會願意愛上這個一直以來讓我備受嘲笑的姓氏。

3

Legend位在下北澤南邊較為偏遠的地方。

說到下北澤，不難聯想到這是個獨立樂團的聖地。對於就讀鄉下大學、在鄉下玩樂團的我來說，光聽到「下北」兩個字就全身興奮不已。以前每當聽聞某某樂團是從下北發揚光大的時候，我都會後悔為什麼自己不去東京的大學念書。

接下新專欄任務的當天，我從《ＲＱ》編輯部所在的澀谷搭上京王井之頭線的電車，出發前往下北澤。

下北澤站位在下北澤地區中心，屬於東京都世田谷區北澤，要從京王井之頭線轉乘小田急線才能抵達。根據我前往下北澤前的預習，「下北澤」不是正式地名，而是泛指這一地帶，據說是明治時代以前這裡有個下北澤村，稱呼便沿用到了現在。

下北澤站周圍近幾年來似乎一直在整修，同事曾說過「每次去下北澤，景色都不一樣」。好像也有不少人對於堪稱「下北澤玄關」的南口消失感到惋惜，但是我才剛來東京不久，難以理解他們的心情。

我穿越閘口往南走，七月的平日，天空還殘留著些許明亮，但手表顯示的時間已經是晚上了。狹窄的道路擠滿行人，尤其年輕人格外引人注目。女高中生、大學生，還有不知道從事什麼工作的年輕人，在他們眼中，二十二歲的我又是什麼模樣呢？是看起來和他們一樣？還是已經會被當成社會人士了呢？

道路兩旁林立著遊戲中心、古著店和餐廳，枝枒般岔出的小巷也盡是店家，到處都熱鬧非凡，再仔細一看，也會發現幾間劇院和Live House。這條連好好走路都困難不已的繁華街道上，果然承載了許多人的夢想啊。一想到自己別說是實現夢想，只不過是找到一份尚稱體面的工作，不免感到有點悶。

從商店街往南走約五百公尺，來到了代澤三岔路與茶澤路的交會路口。茶澤路因連接三軒茶屋和下北澤而得名，我的目的地就在前方不遠處。

Legend位在平凡的住商混合大樓裡，走近一看，有座讓人擔心會不會搭到一半就故障的老舊電梯。電梯旁掛著黑板，上頭以白色粉筆寫著：

……我一開始聽到這名字時就這麼想了。

直接以「傳說」為名的Live House，實在是很遜啊。

不行不行，我搖頭拋開腦中的想法，這裡可是有著大久保主編力薦的老闆在啊，怎麼可能遜呢？最重要的是，我不正是最理解「人不如其名」這個道理的人嗎？就算Live House的名字很遜，不代表取名字的人也很遜啊。

原本我希望趕在表演開始前向老闆打聲招呼，但今天在辦公室處理事情太久，結果沒能趕上。我搭上電梯抵達三樓，隔音用的金屬大門映在眼前。我拉住L型門把，用力推開大門。

轟音從推開的縫隙傾瀉而出，我感受著體內中樞的麻痺感，迅速鑽進室內，關上大門。

櫃檯就在入口處附近，明亮髮色的女性工作人員站在裡頭，看來門票是在這邊購買。我掏出三千五百日圓，得到門票和兌換飲料的代幣。

我不清楚為什麼大部分Live House都採取門票錢和一杯飲料費用的收費方式，只聽說過Live House過去是登記為飲食業，因此必須提供客人餐飲。

今天的表演是Live House的主辦活動，由多個樂團輪流上台表演三、四十分鐘。女性工作人員詢問我是來看哪一組樂團，我老實地回答「沒有」後，便往裡頭邁進。

昏暗的室內瀰漫著香菸的煙霧，在彩色燈光照耀下裊裊上升。樂團在舞台上揮灑著汗水，觀眾則是倚在牆上盯著他們。我的身體和內心深處都受到強烈撼動，那是從只能擷取特定頻率的ＣＤ絕對感受不到的強烈音壓，充斥著渾沌、興奮、熱情和尖叫。

此刻拓開在我眼前的，是我所熱愛著、名為Live House的空間。

表演在晚上九點半結束。

我總共聽了四個樂團的表演，老實說，有相當無聊的樂團，也有還不錯的表演者，我也找到了專欄的頭號採訪目標。

Live House 開始進行整理和清場，我向看起來像老闆的男子搭話，他將工作交代給其他員工，悠哉地待在飲料販售櫃檯裡抽菸。

「抱歉打擾了，敝姓音無，是《RQ》的編輯……」

男子接過我的名片瞇起眼睛，吐了口煙說：

「新人嗎？找我有什麼事？」

低沉的嗓音略為沙啞，帶著十足壓迫感。

他的年紀大約四十歲出頭，一頭參雜著灰色髮絲的小鬈髮搭上山羊鬍，散發出復古搖滾明星的韻味。大尺碼的鬆垮襯衫套在他身上略顯寒酸，但叛逆頹廢的造型很適合他。

仗著相信主編那句「老闆不會為難妳的」，我戰戰兢兢地正面迎向老闆。

「我剛接下挖掘潛力樂團的專欄工作，經由大久保主編介紹，今天前來拜訪。大久保主編對您評斷音樂人的品味讚譽有加，說如果要找樂團的話就來 Legend……」

「可惡，阿祥那傢伙又丟來了爛攤子。」

雖然他嫌惡的口氣讓人很在意，但是……

——阿祥？

看來大久保和老闆的交情比我想像中還要深厚。

「我現在很忙，有事情的話之後再來找我。妳今天先請回吧。」

老闆搔著他亂糟糟的頭髮，澆了我一桶冷水。如果說這不算為難人的話，那什麼才算為難人呢？

雖然他嘴巴上說自己很忙，卻完全不打算做事情的樣子，就算其他工作人員到處忙東忙西，也假裝沒看見。這間 Live House 真的孕育出了許多明日之星嗎？看著老闆這副沒幹勁的模樣，我開始懷疑起傳言的真實性。

「抱歉打擾您了。今後也請多多指教，呃……」

我這才發現忘記詢問他的名字。老闆可能注意到了我的窘態，隨手拿起紙筆寫了些什麼後遞給我。

五味淵龍仁。

紙上的字甚至親切地標註了讀音。

「五味淵先生，非常謝謝您。」

我將這個名字深深刻在腦海中，走出了Legend。離開下北澤前，我不忘順路去朝聖裝潢華麗的湯咖哩名店，填滿空蕩蕩的肚子。

4

一個星期後的夜晚，我再度來到下北澤。

走出車站、穿過南口商店街的大門，我轉往左手邊的道路，最後踏入裝潢可愛的蛋糕店，坐進二樓的桌位。

我猶豫一陣後選了水果塔，必須在約好的時間前吃完、湮滅證據才行。今天是我為新專欄進行採訪的第一場戰鬥。

選定這間店的人是我。既然都來到了下北澤，當然要挑能吃到熱門甜點的店。雖然我和大部分女孩子一樣喜歡甜點，但採訪中可不能大剌剌吃著東西。我仗著提早占位的名義，比採訪時間早四十分鐘抵達，點了蛋糕來吃。

清爽的水果塔相當美味。我吃完後請店員收走盤子，重新確認採訪者的資料。這時，四名年輕人從樓梯走了上來。

我從椅子上站起來，微微鞠躬。

「謝謝你們今天抽空接受採訪，請多指教。」

站在最前面的男孩子紅著臉說：「謝謝妳的邀請，我們是第一次受邀採訪。」

他是與我進行這次採訪聯絡的小暮宗貴，清澈的聲音配上凜然的長相，儼然一副好青年的模樣。小暮在我正對面的位置坐下，其他三名團員也各自就座。

上星期在Legend觀賞表演時，眼前這組名為「驟雨」的樂團讓我感受到了一縷光輝。近年來流行快節奏的舞曲風格，但他們反其道而行，以緩慢節拍奏出轟響。這四位彈奏出激烈豐沛情緒的年輕人深深吸引了我。雖然他們的音樂不是乍聽就會喜歡上的悅耳類型，卻能讓人沉迷其中。

表演當天我錯失了和驟雨團員搭話的機會，回家後立刻蒐集資料，找出他們的社群網站取得聯繫。他們很快就答應採訪，說巧不巧，選定了與表演當天相同的下北澤會面。

驟雨在今年二月發行獨立製作專輯。我在網路上購買了專輯，為今天的採訪仔細聆聽過數遍。

採訪開始前，我向四名團員遞上名片，主唱兼吉他手的小暮只看一眼便笑了出來。

「接到音無小姐的聯絡時我就在想，明明是音樂雜誌的編輯，姓氏卻是『音無』啊。」

你是第一百萬個說這句話的傢伙！我照例以「山梨縣也有山」的回答敷衍帶過，迅速轉入正題。

「驟雨是什麼時候成立的呢？」

我將錄音筆放在桌上，小暮輕快地回答問題：

「一年前。我們全是大學熱音社的成員。」

如同蒐集來的資料，他們四人都還是大學生。我也相當熟悉待在熱音社的氣氛。

「樂曲都是小暮所寫的吧？」

「沒錯，我從以前就很喜歡瞪鞋樂，想要做出像My Bloody Valentine那樣的音樂，於是組了樂團。」

「瞪鞋嗎？你們還這麼年輕，品味卻很老派呢。」

瞪鞋樂是九〇年代初期流行於英國的搖滾派別，特色是宛如呢喃般的主唱歌聲搭配吉他噪音與甜美旋律。至於「瞪鞋」這名稱的由來有兩種說法，一是因為操弄吉他聲響太複雜，吉他手必須一直盯著腳邊的器材看；另一說是主唱一直盯著貼在腳邊的歌詞唱歌的緣故。

　　瞪鞋樂最具代表性的樂團就是小暮口中的「My Bloody Valentine」，簡稱「ＭＢＶ」，一九九一年發行的專輯「Loveless」可說是瞪鞋樂的顛峰，深深影響了後來的樂團。他們在那之後很長一段時間停止樂團活動，但近年又重新回到樂壇，引起不小轟動。

　　「我高中時偶然聽到ＭＢＶ的音樂，受到很大震撼……從那之後就一直獨自做音樂。現在也是，我會先讓樂團照著自己完成的樣本演奏一次，再進行修改。」

　　「原來如此，其他團員都喜歡瞪鞋樂嗎？」

　　「貝斯手吉原芽以之前就聽過ＭＢＶ。」

　　坐在我旁邊的短髮女孩點了點頭。

　　「鼓手秋本亞莉莎本來不知道瞪鞋，但她是社團裡實力數一數二的鼓手。」

　　「我在前陣子的表演上有幸見識到她有力又富技巧性的演奏。這麼厲害的鼓手，在社團裡一定很搶手吧？」

　　「啊，是啊。驟雨開始認真活動之後，我就盡量不參加其他樂團的表演了。」

　　坐在小暮身旁的女孩子用略帶沙啞的聲音回答，她染著一頭金髮，掛著龐克風的耳環。

「最後是吉他手岸田鍾，他很有錢。」

這句介紹台詞出乎意料之外，我歪了歪頭，「很有錢？」

「聽過我們的表演應該就能明白，吉他手必須準備很多器材，才能夠做出樂團想要的聲音。」

我回想起驟雨的音樂，確實就像暨鞋樂界的大前輩們一樣，他們製造出的聲音也相當複雜。要在表演時做出那樣的聲音，器材是不可或缺的。

「我家滿富裕的，可以在器材上花錢，所以和其他窮學生比起來，我更適合當驟雨的吉他手。」

岸田接著說完小暮的話，他給人的印象是有著外國人般纖長的睫毛和厚嘴唇，身高和女性團員差不多。

「好羨慕岸田啊，哪像我總是手頭很緊。」

「宗貴之前的存款還變成負數呢。」

「喂！別說出來啊！」

吉原和岸田笑著看小暮和秋本針鋒相對，團員間的感情看起來很融洽。

「可以說說樂團今後的目標嗎？」

聽到這個問題，小暮挺直身子回答：

「其實，最近有間主流廠牌公司找上了我們。」

哎呀，這是很重要的資訊呢。

「目前還在討論要不要簽下培育合約的階段而已，好像沒打算立刻讓我們出道。」

「這樣啊，選在這時候採訪你們真是太好了。」

我將這句真心話放在心裡，悄悄鬆了口氣。順帶一提，培育合約指的是廠牌公司資助樂團成員進行表演，藉以培育他們，等樂團成名後再讓他們出道。畢竟不是簽下合約就保證一定出道，應該沒違反「挖掘無名地下樂團」的專欄主旨吧？

「我們下下星期還會去Legend表演，廠牌公司的負責人也會到場，進行簽合約的審查，總之就像是徵選吧？」

岸田得意洋洋地說著，朝我探了過來。

「如果方便的話，音無小姐也來看表演吧。我們絕對能順利拿到合約的。」

真是有自信啊。身為學生有這樣的氣魄，讓人頗具好感。

「謝謝你們的邀請，如果工作上沒其他事的話，我會去的。」

我露出微笑，不是說客套話，而是真心這麼想。

驟雨的採訪時間大約一個小時，訪到足夠寫成半頁專欄篇幅的內容，我暫時放下了心中的大石。

5

撰寫的文章順利交稿。主編的感想是：「喔？每個人第一次寫的文章大概都是這種氣氛吧，章魚燒一顆啦！」我忍住想吐槽「做章魚燒的是麵粉，不是氣氛」的心情。

當然我的工作不只有專欄，在被大大小小的雜事追著跑時，不知不覺就來到了驟雨要進行審查的表演日。當天我好好地將工作打理完畢，做好觀賞表演的準備。

傍晚抵達下北澤時下起了雨，看來是這個季節常見的陣雨。突來的驟雨剛好與樂團名字相符，希望是個好兆頭。我快步走出南口商店街，背上全是汗水。

今晚的表演總共有三個樂團，壓軸的驟雨預計演出時間長達一個小時。我在櫃檯買票時告訴工作人員是來看驟雨的，如此一來，多少能幫樂團分擔些自行吸收的門票，或是增加和場地方的分紅，貧窮的小暮也應該會感激我吧。

開演前，驟雨團員注意到站在觀眾席的我，前來打招呼。只有小暮、吉原和秋本三個人，沒看見岸田的身影。

「音無小姐真的來了呢，非常謝謝妳。」

「不客氣。岸田呢？」

「抱歉，我也叫過岸田了，但他表演前通常都待在休息室，不看其他樂團的表演。」

「喔？是放心不下昂貴的器材嗎？」

「不是的，妳別看他這樣，他其實膽子很小。」

我露出苦笑，岸田確實看不出來是這種人。

「加油喔，我很期待你們的表現。」

團員對我點點頭，便離開了。

表演一開始我便將注意力轉到舞台上，認真聆聽演奏。第二組樂團結束後，我張望了一下觀眾區，立刻就留意到一名看似業界人士的中年男子。在場其他觀眾都是年輕人，他肯定就是主流廠牌公司的人吧。我不知不覺也緊張了起來。

驟雨的團員在舞台上進行換場準備。換場必須在十五分鐘左右的空檔內，讓前一組樂團收拾表演器材、下一組樂團將器材設置完畢，場面通常會相當混亂，也最容易發生器材問題。

此時，舞台左側有點不太對勁。

岸田歪頭邊刷著吉他弦邊操弄音箱，不時調整電吉他的導線，但音箱絲毫傳不出吉他的聲音。

他將腳邊羅列的器材一個個拆開檢查，尋找發不出聲音的原因，過了一段時間才終於發現問題所在，轉頭看向擔心的團員。

「Delay 效果器故障了，沒辦法通電。」

器材出了問題，真是讓人忍不住想仰天長嘆。雖然很扼腕，但有時候就是會發生樂器在正式場合故障這種意外。

「小暮，怎麼辦啊？」岸田慌張地問小暮。

「不打開確認一下嗎？」

「確認也沒用，反正一定修不好的。」

「不能再讓觀眾繼續等下去，只好拿掉效果器演奏了。」

換場時間已經過了三十分鐘。

「要是沒有Delay，我們的音樂……」

「現在不是說這種話的時候，也沒辦法了。」

岸田只好不情願地拆掉故障的Delay效果器，與其他團員暫時退到舞台兩側。幾分鐘後，樂團進場的前奏響起，驟雨團員重新登上舞台，開始演奏。

就結果來說，整場表演慘不忍睹，尤其岸田的吉他更是彈得七零八落，不知道是突發的器材意外讓他備受打擊，或是缺少效果器的遮掩後反而暴露出他僅有這點程度的實力。

我感到相當錯愕，上次表演瞥見的光芒難道是幻覺嗎？我望向那位主流廠牌公司的人，對方也只是搖著頭，露出惋惜的表情。

表演結束後，我趕往舞台旁邊的休息室。狹窄的休息室堆放著各樂團的器材和行李，天花板則是布滿裸露管線，其中一面牆上有全身鏡，四周張貼著表演或CD發售的宣傳海報和後台貼紙。

驟雨團員呆立在休息室角落，所有人垂下肩膀，現場瀰漫著葬禮般的氣氛。

「辛苦你們了。」

「妳還特地來看表演，真是不好意思。」吉原向我致歉，和其他團員比起來，她看起來還算冷靜。

「發生什麼事了？」

「有人破壞了我的效果器。」岸田粗暴地說完，將手上的效果器踏板遞給我。

所謂的效果器，是一種用導線連結音箱與吉他或貝斯、藉以改變音質的器材。效果器的種類五花八門，像是製造破音的失真效果器、模擬合聲效果的調變器、發出殘響般迴盪音色的空間系效果器等。

效果器踏板則是效果器中體積較小的設置，實際尺寸依製造商等各異，基本上都是可以放在手掌上的大小。大部分效果器踏板使用電線或9V電池，近年來也有電池內嵌的型號，踏板上有許多開關，只要踩下去就能通電啟動。

Delay是延遲樂器聲響的效果器，它可以讓單單一把吉他發出數道聲響，堆疊出厚實音牆等各種效果。Delay依構造不同分為Analog Delay（類比延遲）和Digital Delay（數位延遲），岸田遞給我的是知名廠牌製造的Digital Delay。

「你說有人破壞你的效果器？什麼意思？」

我仔細端詳手上的效果器，機器右側以黑色麥克筆寫上防竊用的〈A.Kishida〉，底蓋則貼著固定效果器盤的魔鬼氈——效果器盤是陳列各種效果器的板子，闔上蓋子後，便能像提鋁箱般將器材拎著走。

效果器裝上電池時，底蓋便成為了保護罩，平常都以螺絲固定，但現在螺絲孔是空的。我打開蓋子看一眼機器內部，震驚得說不出話來。

「怎麼會……」

電線全被割斷了，而且看起來不像自然耗損般斷在機器連接處，而是從中間裂成兩截，切面也相當平整，應該是以刀刃所為。

「彩排時明明沒有問題的……」

岸田輕聲地說，消沉的模樣令人同情。他的效果器盤就擱在腳邊，上面排列著十來顆效果器，只有左側空了一塊，可能是效果器本來的位置。

「彩排的順序是？」

「今天是倒著彩排，所以我們是第一組。」

倒著彩排就是以正式演出的相反順序進行彩排，最後彩排的樂團會第一個出場，就能省去一次更換器材的麻煩。

「也就是說，從驟雨彩排結束後，到正式表演前有很長一段空檔囉？」

「沒錯。那段時間器材都放在所有樂團共用的休息室，每個人都有機會割斷效果器的線。」

岸田對小暮冷靜的分析提出異議。

「但我從彩排結束後就一直待在休息室啊！」

「剛才我也聽其他團員這樣說了……岸田通常不看其他樂團的演奏。」

我話一說完，岸田露出有點不好意思的神情。

「我要是在出場前看了其他樂團的表演，就會忍不住緊張起來。今天又是徵選的日子，所以連其他人的彩排都沒去看。」

「平常至少會看彩排嗎？」

「是啊，只有今天沒那個心情。」

「其他團員彩排結束後就到觀眾區看其他樂團了，但岸田一步都沒踏出休息室。」

吉田為岸田的話佐證。

「鍾，你的視線離開過效果器盤嗎？」

岸田可能覺得秋本的問題在苛責自己，噘著嘴回答：「只有在正式表演前……正確來說是換場前，去了一下廁所。上個廁所不為過吧？」

「鍾不是每次都會在正式表演前去廁所嗎？是不是有人看準了這個空檔下手啊？」

「亞莉莎妳也不是不知道，Legend的廁所就在休息室旁邊啊！當時廁所沒人，我小便完回來只花不到兩分鐘，效果器盤也還是維持蓋著的狀態。」

在兩分鐘內打開效果器盤的蓋子、拔下用魔鬼氈固定的效果器、旋轉螺絲打開盒蓋、割斷電線後再恢復原狀……真的做得到嗎？我在腦中演練了一下，立刻得出「不可能」這個結論。不管怎麼想都來不及，更何況周圍還有其他人。如果只是碰一下效果器盤還說得過去，但要在兩分鐘內完成上述一連串動作，在旁人眼中肯定相當可疑吧。

那麼……犯人究竟是用什麼方法破壞岸田的效果器？

「你再仔細回想看看，視線真的沒離開過效果器嗎？」

秋本像是看出了岸田的破綻繼續逼問，但岸田也堅決否認自己有任何失誤。

「剛才不是說過了嗎？我在彩排結束後沒離開過效果器盤。」

「你一直強調『彩排結束後』，該不會在彩排前離開過吧？」

「妳說什麼傻話？在彩排前是有空檔沒錯，但妳也很清楚Delay在彩排時沒出問題啊！」

「你們別吵了！不管岸田多堅持自己一直盯著效果器，效果器壞掉就是鐵錚錚的事實吧？所以說，岸田肯定是有某段時間讓視線離開了效果器。」

小暮出聲制止了秋本和岸田的爭執。岸田刻意發出響亮的咂嘴聲，轉身不再面對秋本。

「那麼，到底是誰、基於什麼理由，破壞了岸田的效果器呢？」

小暮聽到我的問題，露出「這還用問嗎？」的表情。

「是其他樂團的成員嫉妒我們吧？畢竟我們事前告訴過大家今天會有廠牌公司來審查。」

「也就是說，有人看不慣驟雨得到和廠牌公司簽約的機會，讓你們表演難堪囉？」

「Delay可說是驟雨音樂最重要的部分，從我的吉他聲中拿掉Delay，等同摘掉樂團呼吸的樹根啊。」

岸田小聲嘀咕。然而，其他團員看起來不像是打從心底贊同岸田這番抬高自己身價的評論。

「雖然現在說這些也於事無補……難道不能和別人借Delay效果器，或是到附近的樂器行買新的嗎？」

「行不通的，Delay的設定很繁複，重新調整要花很多時間。」

「所以我才要你平時多練習，這樣就算沒有Delay也能好好演奏吉他啊！」

對於小暮突如其來的指責，岸田回瞪了他一眼。

「我的Delay效果器明明就是照你的指示設定的！」

「我編的吉他譜就算不用Delay也能彈奏出一定水準。藉口吉他彈不好、把譜改成簡單的和弦用Delay遮掩過去的，不就是岸田你嗎？這是你擅自妄為的報應。」

「你說什……」

「別吵了，大家冷靜一點。」

我趕緊介入兩人之間。

「樂團成員不應該互相指責吧？岸田和其他團員都是受害者啊。今天發生的事很遺憾，我也對做出這種事的人很氣憤，但總之今晚就先讓腦袋冷靜一會，再重新振作起來吧！」

驟雨團員明顯地對我這多管閒事的局外人感到不悅，但什麼話也沒說，可能因為我在這些學生眼中畢竟是大人，甚至還是《ＲＱ》的編輯吧。

「……松浦先生好像還沒離開，我去問他看看能不能再給我們一次機會。」

小暮說完，走出休息室。看來松浦就是廠牌公司的人吧。其他團員則動也不動。

自從喜歡上搖滾樂以來，我已經好幾次目送有才華的優秀樂團走向終點，每次都感慨不已。尤其看到感情融洽的團員因為吵架分道揚鑣，更是讓人不捨。

驟雨在上次的表演明明展現出他們是個厲害的樂團，我也是深信如此，才提出了採訪邀約。這麼優秀的樂團，如今卻因為某人的惡意而陷入絕境。

這樣下去的話，驟雨的團員就太可憐了。我想為他們做些什麼……於是，我決定試著找出犯人。

6

「……妳是認真的嗎？我要生氣了喔？」

十分鐘後，我在壯碩青年的威脅下一臉慘白。

驟雨之外的兩組樂團成員還待在Legend的觀眾區，我轉述了剛才從驟雨團員聽來的事情經過後，其中一人明顯表露出怒氣。

「妳是在懷疑我們討厭驟雨吧？就算是開玩笑也不好笑喔。」

「不，我不是這個意思……」

我的眼神飄向周遭，青年的大嗓門吸引了在觀眾區角落說話的小暮和松浦，連店長五味淵都看向我們。松浦在小暮去找他前似乎和五味淵談話，兩人大概是舊識吧。

「我只是想問問看，有沒有人在休息室目擊到可疑人物……」

「還不是一樣？能進出休息室的只有表演者，妳現在就是認定了犯人在我們之中，再進行推理罷了。」

「不是的，我只是想多蒐集一點情報……」

「喂，你們在吵什麼？」

可能是看不下去，五味淵走了過來。

「五味淵先生，這女的說我們之中有人破壞岸田的效果器。」

青年指向我，五味淵明顯面露不快。

「妳不要再亂來了。要是他們從此不來我這裡表演的話，該怎麼辦啊？」

「……相當抱歉。」

我只能低頭謝罪。

青年感到掃興似地離開了。他應該不是真心接受了我的道歉，只是看在五味淵的面子上才如此吧。

雖然免去一場爭執鬆了口氣，但內心更感到的是沮喪。和工作或其他事都無關，我明明是為了驟雨才付諸行動的，現在不但沒找出真相，還引起了不必要的騷動。

可能是看到我消沉的模樣，五味淵以溫和許多的口氣對我說：

「效果器的線不是單純的自然毀損嗎？」

「沒錯……看起來是被人切斷的。」

「那為什麼是妳在找犯人？」

「因為驟雨的團員很可憐……而且我在下一期即將發售的《RQ》專欄就是採訪他們，我擔心專欄會引發討論，造成團員困擾。」

五味淵搔搔頭，嘆了口氣。

「這件事發生在我的Live House。照理說器材失竊或損害與我們場地方無關，但也不能當作沒看到啊。」

他咖啡色的瞳孔望向我。

「告訴我妳目前知道的線索吧。」

我心想著就算說了也於事無補，但還是抱著抓住救命稻草的心情，一五一十地講述事情經過，並特別強調岸田在彩排結束後始終待在後台，只有上廁所時離開效果器盤兩分鐘。

「也就是說，如果岸田的證詞沒錯的話，是不可能有人有機會破壞Delay效果器的。」

五味淵心神領會地點了點頭，向我拋來問題：

「岸田的Delay是不是放在效果器盤左側？」

我露出困惑的表情，不解問題的用意。

「嗯……他的效果器盤左側空著，應該原本是Delay效果器的位置沒錯。你為什麼會知道呢？」

「大部分的效果器輸入接頭在右邊，左邊則是輸出接頭。而空間系效果器的作用是對其他效果器製造的聲響加諸效果，理論上要盡量遠離吉他、靠近音箱，所以我推測效果器是放在最左側，或至少偏左的位置。」

「原來如此……不過，效果器的位置和這件事有關聯嗎？」

「關係可大了——我搞清楚犯人是怎麼破壞岸田的效果器了。」

「咦？」

五味淵面向說不出話來的我，用右手食指敲了敲自己的右耳。

「再怎麼微小的聲音，都要用耳朵好好聆聽，懂了嗎？」

7

我請驟雨的四名成員聚集在Legend觀眾區，開口宣布：

「現在開始，我要解釋犯人是怎麼破壞岸田的效果器。」

「真、真的嗎？到底是誰幹的？」

相較於激動的岸田，其他團員只是露出不安的神色。

「我們先回顧事情經過吧。今天的彩排和表演順序相反，驟雨是第一組彩排的。在場所有人都知道，當時Delay沒有任何問題。彩排結束、器材運回休息室後，岸田人都待在休息室，眼睛不曾離開過效果器盤，只除了上場表演前去廁所的時候。據岸田本人所言，他不到兩分鐘就回來了。」

岸田點著頭。

「效果器盤放在休息室裡，要在兩分鐘內打開蓋子、旋轉螺絲撬開Delay的盒蓋、切斷電線再恢復原狀，這是絕對不可能的。然而，就在驟雨換場上台時，Delay的導線已經斷掉了。到這裡都沒說錯吧？」

其他團員沒發出異議，我清了清喉嚨，繼續往下說：

「那麼，我們可以導出這樣的結論：岸田的Delay效果器**在彩排開始前被調換**成了相同機種的效果器。」

岸田驚訝地張大嘴巴。

「岸田在排練前離開過效果器盤吧？犯人就是在那時候以正常的效果器調換，再將原本的效果器帶到廁所這類不顯眼的地方割斷導線。接著只要在換場開始前一刻，趁岸田上廁所時換回Delay，如此一來，花不到兩分鐘就能完成了。」

岸田在Delay右側親筆寫上了自己的名字，如果注意到這點，彩排時便會露出馬腳。但由於Delay安裝在效果器盤的最左端，右側則緊鄰著其他的機器，所以無法輕易察覺。五味剛才的問題也是為了確認這件事。

據秋本所說，岸田每次正式表演前都會去廁所，犯人也算計了這點，安排好調換Delay的時機。

「等、等一等。在彩排前調換效果器是不可能的。」

岸田突然反駁。

「我剛才也解釋過，Delay的設定相當繁複，就算外表看不出來，一旦實際演奏就會注意到不同了啊。」

「是嗎？只要把器材設定得和岸田的Delay一樣，沒發生其他意外就不會露出破綻吧？」

「怎麼可能有其他傢伙能徹底掌握我的Delay設定……」

「岸田，你自己不也說過嗎？Delay是按照某人的指示設定的。」

我話一說完，團員都看向了某人。

「小暮宗貴，就是你破壞了岸田的Delay。」

小暮的神色絲毫沒動搖，只是冷冷地回望著我。

「今天是攸關徵選的重要表演，為什麼我要做這種事？」

「為了在犯案時將嫌疑推給其他同台演出的樂團成員、製造出自己絕對不可能是犯人的狀況，你反而必須挑徵選的正式表演下手。」

「將嫌疑推給其他樂團的成員？」吉原發出疑問。

「沒錯，小暮自己也這樣宣稱過。只有在徵選表演，才能把動機歸結為其他樂團的嫉妒。」

如果不是徵選表演的話，「是其他樂團的成員嫉妒我們吧」這個理由就不具說服力了。正因為是這樣重大的日子，小暮的這番話才讓人信服。

「可是，現在的狀況連其他樂團成員都不可能破壞岸田的效果器。如果想要推託給別人的話，不是很奇怪嗎？」

秋本指出的疑點很合理。

「會變成這樣，是小暮的重大誤算。岸田不同於以往的行動造成了這個失誤。」

「我做了什麼嗎？」岸田一臉困惑。

「岸田只有在今天不但沒看其他樂團的表演，連彩排時都沒離開休息室。小暮的計畫因此出現了漏洞。」

「原來如此，如果岸田離開休息室去看彩排的話，就出現對效果器下手的空檔了。也就是說，出入休息室的其他樂團成員就有破壞Delay的可能了。」

秋本展現出他優秀的洞察力。

「就是這樣，然後小暮只要在岸田看彩排時不接近休息室，就能主張自己是清白的了。」

然而，岸田今天卻沒去看其他樂團的彩排。小暮肯定相當慌張吧。在表演開始前特地來向我打招呼，可能也是為了有藉口將岸田從休息室帶出來。可是岸田仍舊不為所動，要是強硬帶他出來反而顯得不自然，只好作罷。

照理說，在確定岸田不會看彩排時，小暮就應該改變計畫或打住的。他之所以沒這麼做，可以推測是因為一拿到岸田的Delay就割斷了導線。意料外的狀況發生時，已經無法回頭了。

「結果，演變成了幾乎沒有人可以破壞岸田效果器的奇妙情況。不但沒辦法推給其他人，反而只要深入思考，就會得出只有小暮能犯案的結論。」

可以認定小暮是犯人的線索，不光只有熟知岸田的Delay設定這件事。如果Delay是在驟雨排演前調包的話，考量到後面彩排的樂團還沒來Legend，現場除去工作人員後就只有驟雨的團員了吧。還有，為了不讓岸田發現使用的不是自己的Delay，在樂曲選擇上也必須格外費心。而小暮不僅身兼吉他手和主唱，所有樂曲也是由他一手創作，不難想像他能完成一切張羅。

「……真是太強詞奪理了。」

小暮尚未承認犯案。

「音無小姐的推論確實有道理，但有這個方法並不能證明我就是犯人，妳只是說出一種可能性罷了。難道妳有任何我破壞效果器的證據嗎？」

「小暮，你說過自己手頭很緊吧？」

小暮一瞬間像是意會了什麼。

「咦？呃……我可能說過吧？那又怎樣？」

「沒什麼錢的你，應該會覺得丟掉那台替換用的Delay實在太浪費了……」

這句話是分出勝負的關鍵。小暮撩起劉海，露出苦笑。

「果然還是該丟掉的啊。但我和岸田不一樣，光是買個效果器踏板就夠吃緊的了。」

「竟然是你……」

小暮望向錯愕的岸田開口說道：

「是我做的。我不會再辯解了，畢竟就算翻我的行李也於事無補。」

我在最後賭了一把。要是小暮在表演結束後將效果器帶出Legend脫手的話，我也不知道事情會變得如何。至少現在不用找出效果器、再確認是否和岸田的設定相同，省去了不少麻煩。

「為什麼要做這種事？」

岸田突然揪住小暮的衣襟。岸田的手微微顫抖，看起來相當用力。兩位女性團員想上前阻止岸田，小暮張開手制止了她們。

「因為岸田都不練習啊。我說過好幾次，Delay很容易遮掩演奏上的失誤，所以要練習到不裝Delay也沒問題的程度。但你只是一直仰賴器材，吉他技巧完全沒進步。你必須要認清自己的實力才行，所以我才會出此下策，讓你在人前出醜。」

「就算是這樣，為什麼非得挑在徵選這天……」

「這樣才不會有人懷疑我。但不只這個理由，正因為是徵選，才要好好展現實力。反過來說，我是在給你展露實力的機會啊。」

小暮的語氣突然轉變。

「要是你沒有Delay也能彈奏得很完美的話，今天的表演就不會那麼糟糕了。是你白白浪費了機會。好好反省自己，多加練習吧！」

岸田咬著牙，但可能自覺無可反駁，只是放開了抓住小暮的手。小暮走進了休息室，很快又折回來。

「這是賠償你的，你收下吧。」

在他手上的是調換用的Digital Delay。

岸田一把抓住效果器，背對小暮冷冷地丟下一句話：

「還說什麼練習？我們之間就到此為止了。」

岸田說完便提起行李走出Legend，我和其他團員只能束手無策地看著他的背影離去。

8

我將剛出版的《RQ》遞給五味淵，他讀著我負責的專欄，輕聲地開口：

「新連載一開始就搞砸了啊。」

「是的……雜誌出版時，樂團已經解散了。」

在那之後過了兩個星期，我為了道謝再次造訪Legend。今晚表演的彩排已經結束，五味淵正悠哉地吞雲吐霧。

事件結束後，驟雨很快就宣布解散。畢竟小暮的行為實在太過分了，樂團拆夥也無可厚非。於是，我成為編輯後獨力完成的第一份工作，就這樣留下了糟糕的餘味。

「抱歉啊，把一切都丟給妳處理。」

我沒想到五味淵會道歉，反而慌張了起來。

「不會的，本來就是我先說要找出犯人的。」

「不，對我們Live House來說，要是因為器材毀壞這種事帶來惡評的話就麻煩了。

為了預防再次發生，必須找出真相。但是……我實在不擅長在當事人面前處理那種麻煩事。」

那天，五味淵聽我說完來龍去脈後，立刻看出一切是小暮所為。我像是看見魔法般還在目瞪口呆之時，他接著就拜託我幫忙解決剩下的事，應該是不想捲入團員間無可避免的紛爭吧。

「其實妳沒必要接下揪出犯人的偵探角色。結果不但沒挽回驟雨的團員，好不容易完成的文章也泡湯了。」

「不用在意。我無法原諒做出那種事的小暮。對於好好的一場表演被摧毀的團員，尤其是岸田，他們有權利知道真相。」

或許是我彰顯正義感的樣子太過幼稚，五味淵露出了不太明白的表情。

「反正就算照那樣下去，驟雨也不可能走得太長遠。我的文章反正是注定要泡湯的。」

「妳說得也沒錯。明明是個不錯的樂團哪。」

「是啊……小暮的行為雖然方法不對，但也是為了樂團好才這麼做的。」

我打從心底感到惋惜，因此五味淵接下來的話讓我驚訝得說不出話來。

「妳是不是誤會了？」

「什麼？」

「小暮才不是為了讓岸田好好練習吉他而做出那種事的啊。」

我眨了眨眼睛。

「咦？但小暮都那麼說了。」

「表演結束後，小暮獨自去找松浦了吧？妳知道他向松浦說了什麼嗎？」

那時候，我正好和其他樂團成員起了衝突。

「不知道，他說了什麼？」

「他說，『岸田的表現如您所見，但其他團員都很努力，也相當有實力。可以請公司只簽下我們三個人嗎？』」

我驚訝得張大嘴巴。

「小暮他……難不成一開始就想**和岸田切割**嗎？」

「大概吧。如果只是想讓岸田勤加練習而已的話，不至於要搞砸難得的徵選機會吧？理由太不自然了。一般來說，學生樂團遇到這種能擺脫無趣平凡生活和就職規畫的機會，都會緊緊抓住不放的吧？」

對一個見識過無數樂團的Live House經營者而言，抱有這樣的印象也在所難免吧。

「這麼一想，就可以說明為什麼小暮不是割斷電線的連接處、假裝是機器自然毀損，反而刻意弄得一眼就看出是人為所致。」

說得有道理！要是當初小暮布置成機器故障的話，就不需要想方設法將嫌疑推給其他樂團了，也不至於演變成沒有人可以犯案的奇妙狀況了。

「岸田發現是Delay效果器發不出聲音的時候，小暮原本以為他會打開盒蓋檢查的。如果發現是單純故障的話，岸田可能就不會這麼執著，反而能專心演奏。如此一來，要是合約談得順利，就沒有理由切割掉岸田了。反過來說，如果發現電線是被人為割斷的話，岸田一定會心神不寧，無法好好演奏。這就是小暮所期待的吧？雖然岸田實際上根本沒打開盒蓋檢查。」

——不打開裡面確認一下嗎？

我回想起小暮在舞台上問過岸田要不要打開確認，原來那也是為了影響岸田演奏而做出的舉動啊。我對小暮如此處心積慮想割除掉岸田這件事感到一絲顫慄。

「明明只要順利取得合約，還是有很多說服岸田好好練習的方法。如果是由廠牌公司指導的話，岸田一定更能聽進去吧。但小暮還是決定在徵選的日子做出那種蠢事，為什麼呢？小暮邀岸田組團只是因為他有錢可以買器材而已，他可能壓根不想和岸田一起玩音樂吧。」

「但是，岸田的吉他對驟雨的音樂來說是很重要的。如果沒有岸田，驟雨根本不可能得到徵選的機會，我是這樣想的。」

「這就是小暮愚蠢的地方了。他搞錯了一件事，認為之前與松浦的接洽或甚至是妳的採訪邀約，全都是他一個人的功勞。多虧自己曲子寫得很好、擁有才華，樂團才能受到矚目。因此他才策畫在簽合約前踢掉岸田，再找個更厲害的吉他手加入。」

多麼自負的想法啊。上次表演少了岸田的演奏，驟雨就淪為無聊的樂團，甚至讓人不禁懷疑是不是自己聽力出了問題。小暮明明是因為嚮往瞪鞋樂，才會以效果器堆疊出的音色打造出現在的樂團風格，卻自信地認為就算捨棄這個最重要的要素也能受到評價。真想叫他看清楚現實！

「所以我才不懂為什麼妳想採訪那種程度的樂團啊。」

聽到五味淵的話，我瞪大了眼睛。

「您剛才不也說他們是不錯的樂團嗎？」

「他們是不錯啊，所以我才會找他們來表演。但我不覺得他們是特別讓人耳目一新的樂團。那些從Legend發跡的樂團身上帶有的、怎麼說呢……月色般耀眼的光輝？我在他們身上看不到那種光芒。」

我腦中瞬間浮出「既然如此就早點告訴我嘛！」的埋怨，但很快就拋諸腦後。沒有事先請教五味淵就選擇驟雨做為採訪對象，確實是我的疏忽。

我面向五味淵低頭鞠躬。

「請指點我要怎麼分辨出優秀的樂團。」

為了在往後的專欄交出更好的成品，我需要更多的指教。然而，五味淵的回答卻彷彿看不起人似的。

「我不是早就教過妳了？」

我抬起頭，五味淵再次用右手敲了敲耳朵。

「再怎麼微小的聲音，都要用耳朵好好傾聽。這樣就夠了。」

我的目光緊盯著五味淵，在我眼前這個初次見面就留下不好印象的頹廢大叔，確實擁有絕佳聽力——能夠從眾多樂團中挖掘出優秀的樂團，還能從繁複的訊息中聆聽出事實真相。

老實說，我在心裡偷偷地想：這個人有點帥氣啊。

「對了，妳今晚要看表演嗎？」

五味淵這句話將我拉回現實。

「咦？嗯……我還沒決定。」

「其實我也有個樂團，曲子都是我自己寫的，今晚有個表演。」

「真的嗎？」我探出半個身子，「我很想聽聽看！」

五味淵一臉有點不好意思的模樣，看起來很開心。原來他也有這樣的表情。

「那麼，作為之前請妳解決事情的謝禮，妳今晚就免費來看表演吧。」

「真的嗎？太感謝了！」

「表演差不多要開始了，我的樂團是壓軸，好好玩到最後吧。」

「好的！」

我興奮地等待表演開始，擁有神準聽力的五味淵，由他領軍的樂團一定很帥氣吧！

聽完數小時其他樂團的演奏後，終於來到壓軸樂團出場，我移動到最前排倚著看台。我注意到觀眾變得愈來愈少，可能因為今天是平日晚上吧。

不久，樂團成員隨著進場音樂登上舞台。樂團名稱是Live House的名字加上「s」：Legends，是由主唱兼吉他手、貝斯手、鼓手組成的三人樂團。

五味淵肩上掛著吉他，站在麥克風前。拿著撥片的右手高高舉起，進場音樂漸弱停止。

我的胸口澎湃不已，五味淵用撥片刷下吉他弦，以嘶啞的嗓音開始唱歌。

「我愛妳——愛到要發狂——我愛妳——」

……咦？

「寶貝——我愛妳——我無法停止對妳的愛——嘿！」

站在第一排的我全身凍結。

實在是……太遜了！

五味淵露出恍惚的表情熱烈唱著歌，然而他愈是熱情，觀眾區這側就顯得愈寒冷。

明明擁有分辨其他樂團優劣的聽力，為什麼自己的樂團就這麼遜啊？

不過，話說回來，畢竟他可是將自己的Live House和樂團命名為「傳說」的人啊……擁有絕佳聽力和創作才能可能是兩回事吧。

就在我錯失退到後方的時機、只好繼續站在第一排之時，五味淵從汗水淋漓的劉海間對我拋了個媚眼。就在這段彷彿身處地獄般的時間裡，我在心中發誓，絕對不會在自己的連載專欄採訪Legends！

track

2

Live, Fly, Live

1

……是我最不想聽到的名字。

「音無小姐，怎麼了嗎？」

坐在對面沙發上的青年，他的一句話將我喚回了現實。

「抱歉，沒事。」

我坐在下北澤南口商店街盡頭十字路口旁的復古咖啡廳裡，正採訪著某個獨立樂團的主唱。自從擔任音樂雜誌月刊《RQ》的編輯、撰寫專欄介紹無名獨立樂團也過了三個月，我逐漸開始習慣採訪的工作。

十月上旬的此刻，下北澤街道正為著咖哩祭典沸沸揚揚。雖然不知道由來為何，但下北澤被稱為咖哩之街，每年這個時節都會舉辦咖哩祭典，參加的餐廳高達上百間。我在進行今天這場午後採訪之前，也先順道去了中華居酒屋品嘗了麻婆咖哩。料理如其名是加了麻婆豆腐的咖哩，豐富的辛香味相當美味，但我有點擔心會不會在接下來的採訪留下咖哩味或汗味。

在咖啡廳的採訪大功告成，就在我將筆記本收進包包裡時，受訪的青年開口邀了我：

「我們下次也有表演，歡迎來看看。」

樂團在Live House的表演大部分是採取包票制。包票制指的是樂團演出前必須先繳納規定張數的門票費用給Live House，如果賣出的門票超過規定張數，就能拿回全部或部分的票錢，因此樂團總是會想盡辦法多賣出一張票。我邀約採訪時無法支付酬勞，所以只要採訪對象邀請我去看表演，我都會盡可能答應，以作為答謝。

「表演在下下星期四，音無小姐的時間方便嗎？是Live House主辦的活動。」

「星期四嗎？等一等……嗯，那天沒問題。」

我攤開行事曆回答，內心盤算著或許能遇到下次想要邀約採訪的樂團。Live House主辦活動的好處就是可能會遇到預想之外的樂團。

「除了你們之外，還有哪些樂團？」

對方聽到我的問題，立刻從錢包抽出門票，念起上面的樂團名字。

「我看看……『Cigarette Crew』和……」

我當場愣住，接著說出的樂團名字一個字也沒聽進去。

現在拒絕還來得及嗎？偏偏我剛才已經脫口而出當天有空，突然才說不能去就太不自然了，也沒時間想出理由搪塞。

看到我沉默不語的反應，青年開口問「怎麼了嗎？」我只好回答沒事。

「對了，妳可以買下這張票嗎？我正好帶在身上。」

什麼「正好帶在身上」？明明一開始就是打著這個主意帶來的吧？我忍不住想反嗆回去，隨即打消念頭。眼前的青年並沒有錯。我臉上掛著微笑，掏錢向他買了門票。

「我很期待喔。」

「非常謝謝！我們會加油的。」

青年還沉浸在賣出門票的喜悅之中，應該不會察覺到我嘴角的抽動吧。

走出咖啡廳與青年道別後，我忍不住發出長嘆。乾爽的秋風吹得我身心充滿涼意，我下意識地拉緊了自己的馬尾。

Cigarette Crew是大約在五年前組成的樂團，聽說他們自從前年將表演重心轉移到東京後，漸漸在獨立樂團圈打開知名度。我曾想過從事現在的工作勢必有一天會遇到他們，但沒想到這天來得這麼快。

我雙手捧著剛買下的門票盯著瞧，印在演出樂團欄位上、早已看過無數次的橫排文字是如此地可憎。我再度嘆氣。

……Cigarette Crew是我大學的前男友——成宮隼領軍的樂團。

2

我準備了好幾個不克參加的理由，但始終無法下定決心讓已經付出去的門票錢付諸流水。

活動當天傍晚，我來到《RQ》第五任主編大久保祥一的位子，他正好在辦公桌處理文書工作。

「主編，我接下來要去Live House，結束後不回公司了。」

主編抬起頭，目光變得銳利起來。

「要去Live House是沒問題啦，但妳的連載專欄不是才剛交稿嗎？已經在準備下一場採訪了啊？」

我沒料到主編會這樣回答，不小心回瞪了他一眼，「有問題嗎？」

年紀可以當我父親的大久保臉色明顯刷白。

「怎麼這麼嗆啊……妳是蒙古擔擔麵嗎？」

才來東京半年的我還沒吃過什麼蒙古擔擔麵呢。

「我並沒有很嗆。總之我就不回公司了，可以吧？」

「可以、可以。快去吧。」

「那麼我先告辭了。」

「音無，等一等。」

「怎麼了？」

「採訪工作要不遺餘力，才能不回公司喔。」

我真的得再瞪他一眼才行。

前往下北澤前，我先回家換了衣服。今天的表演場地是Legend，也是我挖掘到這次採訪對象的Live House。這三個月以來，我已經成了Legend的常客。

我在表演開始前十分鐘左右抵達Legend，一打開大門，已經熟識的櫃檯女性工作人員看見我便瞪大眼睛。

「音無小姐……嗎？」

我只是微微一笑，將門票和飲料費五百日圓遞給她。

踏入觀眾區後，那天賣門票給我的青年走向了我，從頭到腳打量了一番。

「謝謝妳今天過來……妳今天給人的感覺完全不一樣呢。」

我瞥向牆上的巨大全身鏡。

鏡中的人戴著寬簷法式女伶帽加上大圓墨鏡，唇色是剛補上的豔紅色，一襲變形蟲紋洋裝披著白色罩衫。

我平時更偏好成熟穩重的妝容和衣裝，只有今天看起來像喜好浮誇華麗的女性。我本來就打定主意變裝來看表演，因此不得不忍受來自方才工作人員或眼前青年、這些原本認識我的人投來的打量目光。

這一切努力，都是為了不讓今天也會到場的前男友成宮隼發現我。最後一次見面時，我還是邋遢的大學生，他肯定不會將當時的我和現在的我聯想在一起。

「呵呵，這就是我平常的樣子啊，只是工作時打扮比較拘謹而已。」

我裝模作樣地說完，青年明顯露出退避三舍的神情。

「這、這樣啊……那我先準備上場了。」

望著青年慌張逃跑的背影，內心不禁有點受傷。我這身打扮真的這麼不對勁嗎？好歹都是我本來就有的衣服呢。

「……那邊的小姐！」

背後冷不防傳來熟悉的聲音，我僵硬地轉過頭。

「噫！」

我反射性地發出嫌棄的聲音。

「妳今天是來看哪個團的？我也是今天會上台表演的樂手喔。」

出聲搭話的男子屬於窄身體型，身高則和一般成年男性相當，往上翹的咖啡色短髮看起來就像個失敗的男公關。他穿著長至大腿的長版T恤，有種不知該不該說帥氣的微妙感。

這傢伙！我忍不住想咒罵眼前的男人。成宮隼完全沒發現自己搭訕的對象是前女友。

「這位先生，請不要隨便和我搭話。」

我刻意改變說話聲，臉別向一旁。不能再讓他繼續盯著我的臉了，老實說我根本就不想和他打照面。但是成宮依舊死纏爛打。

「不要這麼冷淡嘛！我是Cigarette Crew的主唱，今天壓軸出場……嗯？」

成宮突然停頓不語，我感到焦躁了起來。

「怎麼了？」

「我們以前見過面嗎？」

慘了。我重新扶正稍微下滑的墨鏡。

「我哪知道？這是你常用的搭訕台詞嗎？」

「嗯……是我搞錯了嗎……」

就在成宮歪頭思索的瞬間，觀眾區響起一道比背景樂巨大的聲音。

「……音無！音無在嗎？」

我忍不住想掩面。偏偏在這種時候，Legend的店長五味淵龍仁正好有事找我。

「音無！妳今天有來吧？妳人在哪？回應一下啊……啊，找到了。」

我一個勁地衝向站在ＰＡ台旁邊的五味淵。

「五味淵店長！請不要這麼大聲叫我的名字！」

「有什麼關係？別管那個了，有件事想拜託妳。今天人手不夠，可以請妳幫忙站十分鐘的櫃檯嗎？」

由於平時受到不少照顧，幫個忙倒也沒什麼問題。換個想法，這代表自己受到信賴，便不覺得不舒服。但是，真希望他不要喊出我的名字啊。

「……以後如果有事情找我的話，就用暱稱或其他名字吧。」

「暱稱？是可以啦……妳的暱稱是什麼？既然是音無多摩子，那今後就叫妳溫泉蛋[1]吧。」

「我才沒有半生不熟呢！」

溫泉蛋就是用溫泉水煮成的半熟蛋。

「……音無多摩子？」

我回過頭，成宮就站在身後。他盯著我，驚訝得嘴巴一張一闔。

「所以說……妳真的是多摩子囉？」

真想抱頭哀嚎。虧我還特地變裝，一切都泡湯了。

五味淵皺起眉頭，看著我說：

「對了，溫泉……妳為什麼打扮成這樣？」

3

一個星期後，我站在演劇之街下北澤最具代表性的本多劇場後側、餃子酒館前，再度重重地嘆了口氣。

明明根本不需要做這個人情，為什麼還是來到了這裡呢？

我掀開門簾，在店員招呼前巡視了店內一眼。坐在附近桌位的男子注意到我，招了招手。

「多摩子！這裡！」

他手握著只剩七成的啤酒杯，盤裡還有吃到一半的餃子。

我走向桌子，拉開他對面的椅子坐下。

「成宮先生，您要和我商量什麼？」

我連菜單都不看，直接對遞來擦手巾的店員點了生啤酒。成宮隼動作突然變得有些僵硬。

「成宮先生……這稱呼太生硬了吧？妳也不需要用敬語啦。」

「因為成宮先生是社團的學長啊，未來也可能會有工作上合作的機會，用敬語說話是理所當然的。」

---

1 日文的「音」和「多摩」發音連起來和「溫泉蛋」相同。

我毫不妥協地回答，成宮搔了搔頭。

「多摩子這點真是一點都沒變，該說是剛強還是倔強呢……」

「請不要用一副很了解我的口氣說話。我們已經兩年沒見面了，人總是會變的。」

「像是服裝品味嗎？話說回來，妳今天穿得倒是挺普通的。」

他揶揄的口氣讓我一把火都升起來。

「如果您要繼續閒聊的話我就回去了，我不是來這裡聊天的。」

「好啦、好啦，別這麼嗆嘛。」

我鼓起臉頰，「反正我就是蒙古擔擔麵嘛。」

「什麼啦？」成宮失聲而笑。

啤酒上桌後，成宮提起啤酒杯，我不情願地與他乾了杯。

「那麼，要商量的事是？」

在上個星期的表演與成宮重逢時，他「刻意地」展露出開心的神情，緊接著就說有事想找我商量。

「多摩子現在在這裡做什麼？」

成宮和我都就讀東北的大學，「這裡」指的大概是東京吧。

我說出下句話時，老實說內心抱著一絲想讓他好看的心情。

「《Rock Question》的編輯。」

目前仍積極玩樂團的成宮，聽到我的回答果然驚訝不已。

「真的嗎？太厲害了。真希望有機會和妳合作。」

「如果樂團表演得好的話，也不是不可能讓你們上雜誌啦。」

此刻的我相當得意。

成宮托著下巴，做出思考的動作。

「既然是音樂雜誌的編輯，就會知道一些音樂人不公開於世的私事吧？」

「嗯，有是有啦……」

我感到有點困惑，但成宮窮追不捨。

「拜託妳了，我有事情想找妳商量。下次一起喝酒吧？我請客。」

「這根本是你約女生的慣用台詞吧？」

「不是的，」成宮露出嚴肅的表情否認，「只是事情有些複雜，需要花時間說明。我接下來又還要表演，今天商量有點困難，希望再找一天好好地和妳談。」

「為什麼我非得為了你騰出時間……」

「妳不是音樂雜誌編輯嗎？可能會從我這裡得到什麼有用的情報也說不定喔。」

成宮很擅長說些口是心非的場面話，可是不太會說謊。他當時那句話聽起來不像是為了把我找出來的隨口胡謅。

既然都提到了工作，我也難以不當一回事。結果，我答應了成宮會聽他商量。我的聯絡方式和兩年前一樣，成宮的手機裡也還保留著。

而今天就是成宮邀了我，我才會出現在這間店。

「說到要商量的事啊……」

成宮的口氣有些支支吾吾。

「老實說，是關於我現在的女朋友……」

「再見。」我站了起來。

「聽我說完嘛，總之先坐下吧。」

「為什麼我要聽你的戀愛煩惱啊！」

「妳就先聽一下嘛，要走至少等喝完啤酒再走。」

我心不甘情不願地坐回椅子上，戴著頭帶的男店員時不時往我們這裡偷看。

成宮上半身越過桌子探了過來，壓低聲音說：

「妳知道前陣子『背水一戰』的星川在社群網站上引起的騷動吧？」

聽到預料之外的開頭，我不禁感到困惑。

「嗯……我記得是不小心發了一張和女生在床上的照片。」

「背水一戰」是目前聲勢浩大的年輕樂團。樂曲大多是復古J-POP曲風的簡單編曲，受到各年齡層的歡迎。其中，擔任所有音樂作曲的主唱兼吉他手星川里昂有著俊俏長相，受到女性粉絲狂熱支持。我個人不太會受到所謂的帥哥樂手吸引，對星川本人沒什麼興趣，但因為喜歡「背水一戰」的曲風，就收藏了他們所有的專輯。

「沒錯，這就是那張照片。」

成宮將手機螢幕轉向我。

從照片構圖看來，大概是躺在床上用自拍鏡頭拍攝的吧。直式照片下方被看來應該是星川的男性左半臉所占據，一名閉著眼睛的女子躺在他身後。女子的肩膀裸露在棉被外，沒有遮蔽的衣服。至於兩人所在的背景，從照片裡拍到的電子鐘和檯燈看來，應該是旅館房間不會錯。

「星川立刻就發現照片並刪掉，但早已引起大騷動，照片也在網路上傳開來。照片都拍到星川的臉了，想賴也賴不掉。」

目前星川對這件事完全不回應，星川從以前就維持單身，不曾有過戀愛緋聞，雖然說和女性發生關係這件事本身沒什麼問題，但將床照傳上網路的行徑引來許多女性粉絲的批評和失望。再加上，照片上傳時間是樂團在福岡縣福岡市內Live House舉辦兩日演唱會的第一天晚上，似乎更招來歌迷的反感。

「他怎麼會犯下這種錯呢？」

我只是想用疑問句表達驚訝，成宮卻老實地回應了我的問題。

「星川在這個社群網站上有個用其他名字開設的私密帳號，只有經過認可的好友能夠觀看。這次騷動之後，私密帳號的截圖也流出到了網路上。」

原來星川至今為止都會在私密帳號上傳和發生關係女性的照片。雖然不知道他是不是想炫耀，但這種不經大腦的行為真是讓人難以置信。就是因為這樣，我才喜歡不了帥哥樂手啊，我抱著偏見這麼想。

「然後呢，星川刪掉床照後，立刻在私密帳號發了這樣的貼文。」

成宮再次出示他的手機畫面，看似星川發文的截圖寫道：

糟糕，搞錯帳號了……（汗）

本來想說福岡這晚過得很開心，結果變成這樣。
果然喝醉時上社群網站太危險了……

這則貼文恰好解答了我剛才的問題。
「這不是只公開給信賴好友的私密帳號發文嗎？怎麼會流出呢？」
我以僅剩的同情心說完，成宮聳了聳肩膀。
「是被誰給出賣了吧。」
就算炫耀的一方不在意，被炫耀的一方也忍不下去了，就是這麼回事吧。雖然很可憐，但這是他自作自受。
「然後呢？星川的騷動和成宮先生的戀愛煩惱有什麼關係？」
我試著將話題拉回主旨，下一秒，成宮明顯變得消沉起來。
「星川那張床照上的女生在網路上被起底了，好像就是我女朋友。」
「啥？」我瞬間忘記自己要使用敬語這件事，「『好像』是什麼意思？你難道看不出來嗎？」
「我和她才交往兩個月，連她的素顏都沒看過，更還沒發生關係。」

我狠狠瞪著成宮，這種事我一點都不想知道。

「照片上的女生是素顏吧？而且還閉著眼睛，難以推斷出她平常的長相。總之我覺得可能是別人，也說不定真的是她本人。」

「為什麼網路上會找出來是她呢？」

「我女友是模特兒，藝名是小南。不過她只在小型時裝秀出場，偶爾上上雜誌而已，完全不有名。因為她有經紀公司，網路上有她的照片和影片。」

「哇——！您的交往對象真是優秀啊。」

真想不到兩年前還是和邋遢的女大學生交往呢。成宮裝作沒聽到我的諷刺。

「網路上謠傳，照片上的女生耳朵形狀和痣的位置跟小南相符……但也可能是湊巧而已吧？」

「您直接問過小南小姐本人了嗎？」

「我當然問了，她說不是。」

說得也是。是別人的話理所當然會否認，而就算真的是她本人，更不可能輕易承認。

我打開桌上的菜單，刻意不看向失落沮喪的成宮，開口說道：

「難道說成宮先生是因為女友出軌，想要尋求安慰才約我出來的嗎？還是希望有人一起幫腔斷言是別人呢？如果是這樣的話，恕我幫不上忙。」

我忍不住說話帶刺了起來。成宮在Legend向我搭話的行為，完全稱得上是搭訕，根本也算是準備出軌了吧？你這傢伙才沒資格沮喪呢！

「不是的！」

成宮激動的語氣令我不禁抬起頭，對上他認真的眼神。

「照片裡的女生確實很像小南，可是照理說不可能是她。」

我以為他陷在不確定照片裡的人是不是女友的苦思中，看來並非如此。

「那張照片貼出來的那個晚上，我在Legend有表演，小南當天也來看了。」

我已經快搞不清楚話題要導向哪裡了。

「怎麼不早說！小南小姐那天在Legend待到了多晚？」

「當天Cigarette Crew是壓軸出場，表演結束時已經超過晚上十點了。小南一直留到最後，散場後我還和她面對面說話，所以不會錯的。不過我接著和團員參加慶功宴，之後就沒和她在一起了。」

我請成宮再讓我看一次那張照片。照片上旅館房間的深處有一個嵌入牆壁的萬年曆電子鐘，顯示日期是十月某個星期日，時間是凌晨一點〇八分。背水一戰舉辦兩日演唱會的 Live House 位在福岡市內最繁華的天神一帶，日期則是時鐘顯示的前一天和當天。

「十點過後還待在下北澤 Live House 的人，有辦法在凌晨一點就出現在福岡的旅館嗎？那個時間早就沒有新幹線或飛機，就算開車也來不及。」

「既然如此，照片可能是其他日子或時間拍攝的吧？」

「但電子鐘顯示的日期就是當天沒錯啊。」

「只要調時間就好了吧？」

「那是旅館房間的嵌入式時鐘，一般房客有辦法輕易亂動嗎？而且星川根本不可能刻意調整時鐘或竄改照片，畢竟他是不小心把照片發到公開帳號的啊。」

除非是發瘋了，否則沒有哪個職業音樂人會想過將這種照片公諸於世吧？尤其是星川這種靠臉蛋吸引歌迷的當紅樂手。既然沒想過公開，就不可能事先在照片上動手腳。成宮是這樣主張的。

「同樣的道理，也可以排除星川發的是去年同一天拍攝的照片的可能性，這太花費心思了。可以說星川根本沒有這麼做的動機。」

「嗯……啊，但如果考慮到照片造假的話，還有其他可能性喔。」

「其他可能性？」

「或許是星川的帳號被盜用了。這樣一來，就可能是犯人為了製造騷動，刻意發出造假照片。」

「妳忘記了嗎？星川在私人帳號自己承認了這件事喔。難道說他連私人帳號都被盜了嗎？」

果然不太可能。首先，要是他是被盜帳號的受害人，到現在都不回應也太奇怪了。如果是別人蓄意陷害的發文，他肯定會第一時間出來說明吧。

小南不可能前往福岡去見星川，照片也不可能是造假。這樣一來，只有一個結論了。

「照片上的女性不是小南小姐。」

「真的是這樣嗎……」

真是不乾脆的男人啊。

「說到底，小南小姐是那種會為了和樂手私會而特地跑到福岡去的人嗎？」

據我自己也玩過樂團的經驗，有些人就是以和喜歡或知名樂團成員上床為樂趣，對於這類八卦也不時有所耳聞。就我個人來說，這種行為讓人忍不住想皺眉，但對其他人的嗜好指指點點也沒有意義。話說回來，願意為了見一面像星川這種當紅樂手，而特地從東京前往福岡的歌迷肯定不在少數吧。

「雖然不願意這麼想……但我們確實是在Live House認識的。」

兩人相識的契機，是在和前幾天一樣的Live House主辦活動上，前來觀賞其他樂團表演的小南出聲搭訕了成宮。

「剛才我也說過，我們都交往了兩個月卻還沒發生關係。該說她很有原則嗎，還是身為模特兒的尊嚴呢？總之我想她不是那種隨隨便便的人。」

如果你真的這麼想的話，就應該相信她啊。明明已經有這麼多證據顯示不可能是她了。我感到煩躁起來。

「然後呢？為什麼要和我說這些？」

成宮挺直了背。

「背水一戰不是經常登上《ＲＱ》嗎？編輯部應該和他們關係不錯吧？說不定妳可以向星川本人直接問出真相？」

「怎麼可能直接問啊！」

我立刻打碎成宮的期待。

「我還只是新人，要是因此惹怒星川先生的話，一定會被罵慘的。況且我也不是背水一戰的責任編輯，根本沒機會遇到他們。」

成宮卻依舊不放棄。

「就《RQ》的立場來說，難道不希望星川的醜聞盡量在不引起騷動下解決嗎？先掌握住事情的原委也比較好吧？我提供的消息一定能幫上忙的。」

原來如此，所以他才會說「對音樂雜誌編輯來說是有用的情報」。雖然聽信他的話就跑來赴約的我也該檢討，但總之看來不是什麼大消息。

我從座位上起身正打算離開之時，成宮接下來的發言讓我停住了腳步。

「拜託！求求妳！我只能拜託多摩子了。」

成宮低下頭，額頭都貼在了被啤酒杯滴水沾溼的桌面上。

我就是人太善良了，才會在這個關頭妥協吧。

「……好啦。我會向負責背水一戰的編輯打聽看看。但是，你不要抱太大期望喔。」

成宮抬起臉，臉上綻放出大大的笑容，彷彿聽到媽媽答應買玩具的孩子。

「謝謝妳！多摩子還是和以前一樣，人真的太好了！」

我內心想著「真是會說話的傢伙！」，卻還是感到一絲開心，不禁對自己氣惱起來。我一口乾掉啤酒，試圖揮去煩躁的心思。

4

我拒絕了嚷著「再喝一間」的成宮，踏上回家的路。

搭上井之頭線回到澀谷，在東急東橫線轉車。時間不超過晚上十點，車內還不算擁擠，我找到了長椅的一個空位坐下。

坐在對面位置上的女性挺著大肚子，一名男性體貼地倚在她身旁，兩人左手無名指上套著相同款式的戒指。

大學加入熱音社沒多久，我去看了Cigarette Crew的表演，立刻成為他們的歌迷。不只是我，許多新生也憧憬著身為學長的成宮，所以當他注意到我的時候，我真的開心又自豪。即使清楚他很受女生歡迎、男女關係也很亂，當時的我還是選擇忍耐。有才華的人就是特別奔放嘛。我甚至對能容忍他如此的自己感到驕傲。

星川誤傳照片、引發騷動的那天，人就身處福岡。說巧不巧，我生平第一次與戀人旅行的地點，就是和成宮一起前往的福岡。我們在兩天一夜的旅程裡吞了四碗拉麵，還吃了牛腸鍋，也嘗遍屋台小吃。明明吃得胃都要撐破了，但和成宮彼此說著「好痛苦，快要撐死了！」的那一刻是我人生中最開心的時光。俗話說，旅行能充分表露出人的個性。我當時打從心底想著，可以和這個人一直走下去。

我和成宮交往了將近兩年的時間，他從沒改過流連於女孩子間的壞習慣。最後我終於受不了，主動提出了分手。從那之後，我就只將成宮視為一個玩樂團的爛人，抱著自己是做了場惡夢的心情活到現在。目前我雖然單身，但在成宮之後也交過兩任男朋友。

然而，這次重逢勾起了我的回憶。雖然當時太過年輕又陶醉在美夢之中，但內心是認真考慮和成宮結婚的。我深信著自己會和他許下終生誓言、生下寶寶，他也不再拈花惹草、以家庭為重心，兩人從此過著幸福的生活。

自己能夠毫無牽掛地描繪未來藍圖，也只到那個時候為止。從那以後無論和誰交往，我都會忍不住一直抱有「反正總有一天會分手吧」的念頭。是為了在真正分手時將傷痛降到最低才會這麼想嗎？還是正因為有這種想法才會分手的？我自己也弄不清楚了，只是深刻地感受到，內心就此失去了和成宮交往當時的投入感。

我至今對成宮的評價依舊是「玩樂團的爛人」。但是，他仍然是我在這世界上唯一一個想過要結婚、為他生孩子的男人。

電車停止晃動，自動門開啟，對面的孕婦和她的丈夫從座位上站起來，走出了車廂。我恍惚地從窗內望向兩人緩慢走在月台上的身影。

對我來說，現在是以工作為重的時期。就職於《RQ》編輯部讓我相當自豪，也是很有價值的工作。我並不打算貶低自己與成宮交往時的立場。然而……

要是在這之後，成宮真的改頭換面，想要和我重頭來過的話，我會怎麼回答他呢？

「下一站，自由之丘，自由之丘。改搭大井町線的旅客請……」

車內廣播的聲音將我拉回了現實。

我慌張地環視四周，自己早已經錯過離自家最近的車站，應該要和剛才那對夫妻在同一站下車才對。

真想把這一切歸咎於喝醉。我無力地垂下頭，數不盡第幾次地嘆了口氣。

5

隔天一進公司，我馬上攔住安田編輯。

安田是比我早六年入社的資深前輩，能夠以俐落眼光抓住樂團本質，寫出的心得和感想受到眾多音樂人好評。她之所以擔任背水一戰的責任編輯，也是樂團方面主動提出的要求。

「安田小姐，不好意思，我想請教妳關於背水一戰的星川的事……」

「該不會是照片的事吧？那傢伙真是捅出了大婁子！」

安田一臉了然於心的樣子，不愧是責任編輯，看來她早已掌握整件事的來龍去脈。

「那天晚上到底發生了什麼事？妳有從星川先生或其他團員那裡得知些什麼嗎？」

「發生什麼事？不就是星川帶女人到福岡的旅館，然後不小心搞錯帳號上傳了照片嗎？那件事之後，我也沒特別和他們聯絡。」

說得也是，也只能是這樣了。但是，我不能在這一步就簡單收手。

「那麼，他們的福岡兩日演唱會上有沒有發生不尋常的事情呢？像是第一天和第二天有不一樣的地方……」

「妳有什麼在意的事嗎？」

「沒有啦，只是那張照片上的女孩子，可能是我認識的人……」

我含混地回答，總不可能老實承認是為了前男友的女友而到處打聽吧。就算照片上是認識的人又怎麼樣？我自己也覺得這理由太過牽強，幸好安田並未繼續追問。

「說到不一樣的地方，應該是歌單吧？」

「歌單？」

歌單指的是演唱會的演奏曲目和順序。

「是啊，我雖然沒去福岡的演唱會，不過第一天和第二天的曲目好像有一半以上不同。星川在表演時解釋，這個安排是為了兩天都來看的歌迷。」

雖然也有例外，但通常為了配合演出上的種種因素，樂團開始巡迴演唱會後不太會大幅更動歌單。如果只是換了幾首歌、或隨著巡迴漸漸調動的話還能夠理解，兩日演唱會的第一天和第二天有一半以上曲目不同，這就很少見了。

「我可以看看那兩天的歌單嗎？」

我不覺得歌單和照片的事情會有關聯，不過以防萬一還是提出了要求。安田立刻回到她的座位打開電腦，將歌單印出來給我。

「拿去吧。」

「太謝謝妳了！」

我拿過兩張紙交互比對，正如安田所說，背水一戰兩天的表演都是晚上六點開始，演奏了二十首歌曲，而兩天的曲目有十首不一樣。歌單上也詳細標記了團員的談話時間，第一天安排了三次，第二天則是四次。

我有在聽背水一戰的音樂，光是看歌單腦中就自然浮現出曲子。第一天接連演奏了許多快節奏的曲子，相反地，第二天安排了不少需要安靜聆聽的抒情歌和氣勢磅礡的樂曲。如果要我選的話，會想去第一天的演唱會，我忍不住這麼想。

「對了，這份歌單是怎麼決定的呢？」

「歌單基本上都是由星川全權決定，畢竟背水一戰的表演也就像星川的個人秀吧。」

也就是說，曲目的變動有很大可能性是星川的意思。我將得來的情報記在心底，向安田道謝後離開。

關於星川的部分、或說福岡這邊能得到的情報大概就是這些了吧。接下來，我需要當天確實身處下北澤的小南相關情報。

當天工作結束後，我來到Legend試著打探消息。

「這間Live House應該沒有可以飛到福岡的器材吧？」

我話一說完，五味淵明顯露出看不起人的表情。

「溫泉蛋小姐，妳頭殼是哪裡壞去啦？」

我在表演開始前的空檔，和理應是老闆此刻卻看起來很閒的五味淵搭話。過去在這間Live House發生過器材遭到破壞的案件，他當時光聽事情經過就找出了犯人。我內心抱著期待，他可能會對這次發生的事情提示一些線索，或揭示出真相也說不定。

「我只是先起個頭而已。其實啊，現在有個案件，有名女性在Legend看完表演後就幾乎可以說是瞬間移動到了福岡。我想如果是五味淵老闆的話，可能會知道從這裡前往福岡的最快方法吧？」

「搭私人噴射機是最快的吧？」

五味淵半是開玩笑、半是認真地回答。

「她只是不太有名的模特兒，應該沒有私人噴射機或直升機這樣的資產。說些有建設性的答案吧！」

「那麼，就只剩下前往羽田機場搭飛機這個手段了。」

「說得也是……」

但是，那是不可能的。

可能是看到我一臉期望落空，五味淵催促我繼續往下說：

「發生什麼事了？說出來聽一聽啊。問事情只問一半，我也覺得不舒暢。」

順著五味淵這番話，我一五一十地轉述了成宮告訴我的事情經過，除了我和成宮過去是男女朋友這件事。我只說成宮是社團的學長，這當然也不是謊話。

「……還有，雖然不知道和這件事有沒有關係，我也拿到了背水一戰福岡兩日演唱會的歌單。歌單看起來很普通，好像是星川安排的。」

最後，我稍微提起和安田的對話做為結束。我正打算拿出剛才提到的歌單時，五味淵丟來讓我意想不到的問題：

「妳也有星川用的那個社群帳號嗎？」

「嗯，雖然我沒有在發文……但有一個帳號，手機也有下載應用程式。」

「這樣的話，我想拜託妳一件事。我想看看網路上對背水一戰福岡兩日演唱會的感想，盡量找出最早發出的貼文，好嗎？」

難道是看了歌迷的感想，就能明白更改歌單的理由嗎？

我一邊感到疑惑，開始用社群網站的搜尋功能尋找演唱會感想。我輸入「背水一戰」、「福岡」、「演唱會」、「太棒了」等所能想到的關鍵字，花了十五分鐘找出看起來是最早發表感想的帳號。

「第一天的感想在這裡。」

我將手機畫面出示給五味淵，從帳號的頭像看來應該是個年輕女性，發文時間是演唱會第一天的晚上七點四十一分，內容如下：

背水一戰太棒了！現場超嗨的！謝謝你們來福岡！

……雖然是我自己要搜尋的，但這個感想也太沒有內容了，看起來一點參考價值也沒有。

接著是第二天的感想，發文時間是晚上八點〇四分，看不出發文帳號的性別和年齡：

背水一戰的演唱會結束。真的超棒的。

比第一天更沒有內容，甚至稱不上是感想。

「這些貼文真的有參考價值嗎？我再來多找一些吧？」

我如此提議，但五味淵將手機還給了我。

「不用，已經夠了。我大概明白那天發生什麼事了。」

「咦？」

我驚訝得說不出話來。他究竟從這些發文中解讀出了什麼？

「我先說結論，照片中的女生十之八九就是小南沒錯了。兩人見面的方法，應該就和我所想像的一樣沒錯。」

「你是指小南去見星川的方法嗎？」

我話一說完，五味淵伸手彈了彈自己的右耳。

「妳的壞習慣就是，聽不見已經發出來的聲音。我再說一次：再怎麼微小的聲音，都要用耳朵好好傾聽。」

6

「一切都和多摩子說的一樣。」

成宮再次以請客為由約我出來時，已經接近秋季尾聲。地點在下北澤某間位在六樓的法式小酒館，裝潢時尚簡約，很不符合成宮的品味。

「我照著妳在電話上告訴我的和小南正面攤牌，結果她全都承認了。她可能也覺得找不到藉口了吧。」

「也就是說……星川真的為了和小南小姐見面，特地往返福岡和東京囉？」

真相非常簡單明瞭。星川在福岡兩日演唱會第一天結束後立刻趕往福岡機場，搭飛機飛往羽田。然後等Legend的表演結束後再與小南會合，兩人一起上旅館。

當時五味淵用「已經發出來的聲音」來形容，也是完全正確的。如果小南無法前去會面的話，就只有星川來見她這個可能性了。我們明明可以更早推理出真相的，卻受到各種先入為主的觀念阻撓。

「沒想到會是當紅的星川特地奔波，和沒沒無聞的模特兒會面啊。」

成宮喝著氣泡紅酒吐露出的這番感慨，和我所想的一樣。

「而且他隔天還必須在福岡開演唱會呢。雖然只要搭早上的飛機，就能輕鬆趕在演唱會前抵達。」

「星川的發文還寫『福岡這晚過得很開心』。」

「應該是故意說謊吧。只為了見一面特地在演唱會空檔跑到東京，他可能不想被當成為女人如此拚命的男人，特別是在那些可以看見他私密帳號的好友面前。」

「真是亂來的傢伙。演唱會結束後應該還有許多必須處理的事情吧？結果竟然就這樣全部丟下，直接飛到了東京。」

五味淵要我搜尋演唱會感想並非想知道內容，而是發文時間，目的是想明白那兩天演唱會結束的時間。星川誤傳照片的意外之所以立刻傳遍網路，也是由於很多背水一戰的歌迷使用相同的社群網站，因此他推測，必定有歌迷會在演唱會一結束就立刻發表感想。

根據我搜尋到的發文，兩日演唱會的結束時間，第一天比第二天提早了將近二十分鐘。五味淵認為這就是變更歌單的最大理由：星川在第一天安排了許多時間較短的歌曲，讓演唱會提早結束。

兩日演唱會的第一天，福岡飛往羽田的末班飛機是晚上九點二十分起飛。考慮到是晚上六點開始的演唱會，要想在結束後從福岡市內的Live House趕往福岡機場，最好早點結束表演。星川藉由調整歌單擠出的這二十分鐘，是讓他趕上末班飛機的重要關鍵。

我第一次看到歌單時，留意到第一天連續演奏了許多快節奏的樂曲，沒想到這就是星川刻意為之的目的。第一天的談話時間也比較少，這也是星川試圖縮短演唱會時間的證據吧。

聽完五味淵的說明後，我幾乎確信他的推理是正確的了，但是為了謹慎起見，我還是向他要求證據。

「照你說的來看，確實就有辦法拍出那張照片。但是，你還是沒辦法推翻照片中的女生不是小南小姐的可能性啊。」

話一說完，五味淵露出了冷笑。

「如果想相信是別人的話，就去相信啊，畢竟我也舉不出任何反證。不過在我看來，妳的學長不像是徹底相信自己女朋友的清白啊。」

我沉默不語。成宮就是因為無法相信女朋友，才找我討論的。

……豐盛的冷肉拼盤相當美味，加上高品質的紅酒和美麗夜景，讓我開始喜歡上這間店了。學生時代只顧著跑便宜居酒屋的成宮，如今也懂得利用這種高級餐廳來追求女孩子了。

雖說在對方低落時窮追猛打很壞心，但就是忍不住想說些不中聽的話。

「話說回來，你真是遇到了不得了的女人啊。」

成宮低著頭，聲音低沉地說：

「但是，她在我的追問下承認偷吃之後，還是堅持自己是真心喜歡我的。」

我啞口無言。

「都到這個地步了，你還相信她說的話嗎？」

「她好像原本就是背水一戰的歌迷，透過其他人接近星川，兩人維持了大約一年左右的關係。但是……」

自從和成宮交往後，她就果斷切斷了和星川的關係。

「她也讓我看了和星川的對話紀錄。她真的告訴過他『不要再見面了』，星川卻無法接受。所以啊，那傢伙才會大費周章地在兩日演唱會之間的晚上，特地回到東京。」

仔細想想，星川平常的活動範圍就在東京，根本沒必要特地挑福岡兩日演唱會之間的晚上這種匆忙時刻來見小南。五味淵只推理出了見面方法，並未提到星川的動機，看來就是這麼回事吧。

「他無視團員和工作人員的規勸，只為了見小南一面回到東京。沒錯，星川是這麼說的。小南聽到這番話，也無法對星川置之不理。」

「然後他們就一起進了旅館嗎……」

「她啊，人太溫柔了。」

我可不會稱這種心情為溫柔。對於比星川更蠢的成宮，我真想罵他一頓，叫他醒一醒。這傢伙無論長多大，都還是玩樂團的爛人。真是讓人擔心他的前途……

「結果呢？你和她怎麼樣了？」

我以為成宮肯定是原諒她了，沒想到他卻露出痛苦的表情，坦白地說：

「分手了。」

「怎麼會？」我瞪大眼睛。

「雖然我喜歡她，但腳踏兩條船就沒辦法了。而且對方是星川，我根本贏不過他。就算勉強交往下去，也不會有好結果的……雖然她哭著向我道歉，但我實在無法原諒她。」

一瞬間，我腦中浮現出一個臆測：這該不會就是星川的目的吧？為了挑撥成宮和小南的感情，使出玉石俱焚的策略，故意在公開帳號發出那種照片。

我很快就將這個猜測拋諸腦後。畢竟，星川因此失去的東西太多了。會在私密帳號炫耀自己男女關係的傢伙，會執著於一個女人到自我犧牲的地步嗎？怎麼想都覺得不可能。

我對成宮感到同情，也正因為如此，這句話一定要由我說出口：

「你應該多少能理解我以前的心情了吧？」

成宮露出恍然大悟的表情，縮起了背。我從成宮沒扣釦子的袖口瞥見他的手腕，心想著，他以前就這麼瘦嗎？

「……對不起。」

這句話我在兩人交往時已經聽過數百萬次，然而，從相遇以來到現在，我第一次感受到成宮發自真誠的歉意。

我剛飲盡桌上紅酒瓶倒出的最後一杯酒，正想著差不多該解散時，成宮突然挺直了背。他的表情散發出堅定決心。

「多摩子……我們重新來過吧？」

過去在電車上想像的事情成為現實，讓我忍不住渾身僵住。

「對於過去自己偷吃、還有這次一被漂亮模特兒搭訕就得意起來的事，我都徹底反省過了。我認真思考後，覺得自己果然只有妳了。妳有時很溫柔，有時又很嚴厲，總是對我付出真心，如果我身邊沒有像多摩子一樣的女性陪著，我就什麼也做不了。」

「隼……」我不小心喊出過去習慣呼喊的名字。

「我答應妳，從今天起會洗心革面。請妳答應再和我交往吧。」

成宮再度將額頭貼在桌面上，與上次相同的動作，但重量完全不同。我雖然懷疑他口頭上的承諾，但有一瞬間，我感受到他是真心如此希望並發誓的。畢竟他是個不擅長說謊的傢伙啊。

各種思緒立刻湧上我的胸口：剛進大學時對成宮懷有的憧憬、成為戀人後的開心回憶、好幾次被成宮的花心所傷卻還是因為太喜歡他無法分手的過往、一直避著成宮卻仍因為重逢而喜悅的自己，以及復甦於內心的、當時真心想與成宮結婚的思緒……

成宮抬起了頭。他真摯的眼光投向我，我微微一笑，做出了回答：

「……才不要呢！」

成宮一下子愣住了。「……多摩子？」

「你不要再以為我和過去一樣了，好嗎？我現在可是天下聞名的《RQ》編輯！如果想和我重新來過的話，等你的樂團成名後再說吧！」

成宮露出明顯受傷的表情。

「……這樣嗎？真是可惜。」

他將一張萬圓鈔票放在桌上，頭也不回地走出了餐廳，我並未出聲叫住他。

這樣就好。我的內心某處，還是喜歡著這個明明沒用卻無法憎恨、愚笨又純粹的男人。但是，這不代表我們可以重新來過。他骨子裡畢竟就是個玩樂團的爛人，絕對還會不知教訓、對其他女人出手的吧。我也會一次又一次地受傷，徒增不知如何是好的回憶罷了。至少現在的我還能帶著微笑懷念過去，不該為重蹈覆徹的失敗而讓它淪為不堪回首的往事。

對我們來說，現在是最重要的時期，沒有時間沉浸於戀愛之中。然而，如果成宮將我剛才的話放在心上，在成為成功的樂手、或是更有擔當的人以後要求復合……到時候，我可能會重新認真考慮與他的未來吧。

成為更好的男人吧！我從座位上站起來，走向收銀台。

收銀台只有一名店員負責，結帳金額是一萬四千圓。成宮留下的萬圓鈔票完全不夠。

不是說要請客嗎？你離好男人還差得遠了！我走出餐廳後再度嘆了口氣，然後輕聲笑了出來。

7

對了，這次的事還有後續。

在那之後，我為了報告成宮的事情前往Legend，抵達時是清場工作已告一段落的空閒時段。

「背水一戰好像被逼得要休團了呢。」

我話一說完，五味淵那雙睡不飽的眼睛望向了我。

「好像是呢。」

就在星川這邊做出回應抵擋攻勢時，媒體又陸續爆出他的醜聞。雖然他並未涉及犯罪，全都是男女關係的問題，但網民批判星川的風潮愈演愈烈。樂團或許是判定繼續進行表演活動只會火上加油，因此做出了暫時休團的公告。

「真是報應啊。」

我說出這句話時並未多想，因此聽到五味淵冷酷地回問「妳真的這麼認為嗎？」時，忍不住全身僵住。

「背水一戰是從Legend發跡的樂團之一喔。」

「是……這樣啊。」

《RQ》的大久保主編曾說過，許多影響當今音樂界的樂團都是從Legend出來的。

「在他們紅起來以前，星川混亂的男女關係在這圈子早就不是什麼大新聞了。但是，因為音樂好聽，表演也很棒，才有這麼多歌迷願意追隨。要我來說的話，看到他的照片引起騷動也只會納悶『怎麼現在才爆出來』而已。雖說我聽到時也對他做出的蠢事感到訝異就是了。」

「只要樂曲好聽、表演好看，就能任意妄為嗎？」

「我可沒那麼說。」五味淵瞪了我一眼，「如果對方未成年或被迫發生關係，屬於觸法行為的話當然另當別論，當然也就不得不為了反省和改正而暫時休團吧……我倒是想反問妳，星川到底做錯了什麼？」

我一時說不出話來。五味淵看準了我的反應，繼續往下說：

「星川甚至還沒結婚呢。他和誰在哪裡上床，全都是他的自由吧？」

「但是，網路和媒體上也出現許多被星川玩弄的女性發聲啊！」

「都不知道那是真的還是假的呢。應該也有人是因為和星川有所牽扯而見獵心喜，順著世人的指責跳出來說話的吧。」

「說這種話太過分了，也有可能是真的啊。」

「如果是真的，我會同情她們的。只不過，這也是當事人之間的問題吧？毫不相干的旁觀者有說話的權利嗎？如果今天有無關的第三者因為妳甩了男人而痛罵妳，妳也會欣然接受嗎？」

我想像了一下，要是有成宮的歌迷因為我前些日子甩了他而責罵我，我腦中只有一個想法：**干你什麼事！**

「但是，歌迷對星川幻滅也是他們的自由吧。實際上星川也因為這次的事情損失了許多歌迷。」

「當然，這是星川素行不良招來的後果。不過，要是他們因此消失，只代表他們就是這麼點程度的樂團罷了，不需要休團也會被自然淘汰。我敢斷言，背水一戰絕對不會就此消失於樂壇。」

或許真是如此吧。但是，我還是無法釋懷。

「發生醜聞讓歌迷幻滅，這不是專業音樂人該有的態度吧？」

「由妳這種不是音樂專家、也沒什麼專業經驗的人在談態度，未免太好笑了。都說到這地步了，我就告訴妳一些之前沒說的事吧。」

「之前沒說的事？」

五味淵點燃香菸，抬頭呼出一口煙說道：

「星川為了縮短演唱會時間，準備了兩份歌單。但是換掉半數歌曲的歌單勢必會增加團員的負擔，當然對星川本人來說也是。」

「這是當然的。」

「那麼，星川為什麼不乾脆減少曲數就好呢？」

對啊！只要從第二天的歌單抽掉幾首曲子，就能輕鬆達到縮短時間的目的，也不會增加團員的負擔。

「還有這點：兩日演唱會第一天的感想是『現場超嗨的』，沒錯吧？」

——背水一戰太棒了！現場超嗨的！謝謝你們來福岡！

「用第一天的歌單就能炒熱氣氛的話，為什麼還要換掉一半的曲目呢？難道說縮短了第一天演唱會的時間，第二天就一定得加長嗎？沒有這種規定吧？」

正如五味淵所說，不管第一天的氣氛熱不熱烈，一般來說，就算兩日演唱會用完全相同的歌單表演，觀眾也不會有意見的。

「星川為什麼要換歌單呢？」

五味淵的回答很直白：

「這就是專業。」

和我對星川欠缺專業態度的評論徹底相反。

「明明只要調整演唱會的時間就好了吧？演唱會時間本來就沒有規定一定要幾分幾

秒，每場演唱會的獨一無二也正是現場表演的魅力之處。不過，要是他減少曲數的話就是另一回事了。星川身為專業音樂人，希望第一天和第二天的觀眾都能平等地享受到相同數目的樂曲。他就是這種人啊。」

「星川在談話時間說是為了連續兩天參加的觀眾……」

「難不成妳在聽過我的推理後，以為星川的解釋是為了縮短第一天演唱會時間的藉口嗎？如果是這樣的話，那妳就錯了。那傢伙從骨子裡就是藝人，或說他秉持著妳口中的專業態度，就算知道會增加團員或工作人員的負擔，也特地為兩天準備了不同的歌單。」

我無話可反駁。

我並不特別認為能夠更改兩日演唱會歌單的音樂人比較有專業態度，也有音樂人是在演唱會上演奏精心完成的歌單，重複進行相同內容的表演，我認為那樣也很厲害。然而，星川里昂選擇盡量讓觀眾聽到更多歌曲，如果這不叫做專業態度的話，那該稱之為什麼呢？

我對自己輕率地指責星川欠缺專業態度感到羞愧不已，但五味淵仍繼續為星川抱不平。

「一開始可能只有背水一戰的歌迷在批評星川，我也認為是那傢伙犯了過錯，讓歌迷不滿。但是，現在的狀況是怎麼樣？一群從沒仔細聽過背水一戰音樂的傢伙假借正義之名，對星川猛烈批判？他們到底在做什麼啊！只是從歌迷手中奪走背水一戰的音樂，還得意洋洋罷了。我還看到綜藝節目在討論這件事，那些不是音樂相關人士、也沒有任何音樂背景的名嘴，自己都先坦承從沒聽過背水一戰的音樂，卻還大言不慚地嘲笑『真不知道那種音樂好在哪裡』。樂團受年輕人愛戴、一路走來至今，他們的音樂性卻只因為一件醜聞而遭貶低，甚至歌迷還要被嘲諷。他們的音樂明明是無辜的。」

五味淵相當憤怒。從自己的 Live House 發跡的樂團，正因為五味淵愛著他們的音樂才如此生氣。

「星川確實有需要反省的地方。既然都決定暫時休團了，讓腦袋暫時冷靜一下也好。但是，我無法原諒將那些傢伙的音樂從歌迷手上奪走的網友和媒體。算了，也不用擔心他們。背水一戰很快就會復出的，他們做的不是那種無聊音樂，不會因為這點事情而失去人氣的。」

「……五味淵老闆。」

我重新面向五味淵，努力讓自己的聲音不發抖。

「欠缺專業態度的是我。音樂人、Live House、音樂雜誌……我們都是戰友啊。雖然並不是無論發生什麼事都得包庇彼此，但當大部分人背棄我們的時候，我們應該要是幫助對方到最後一刻的存在。」

五味淵沒有肯定也不否定，但是的表情變得稍微柔和了一點。

「我醒悟了，從今天起，我會繼續支持背水一戰的。」

「妳也不需要這麼幫腔啦。」五味淵苦笑，「我只是覺得，在被風向牽著鼻子走、認定是當事人報應並且做切割之前，應該先用自己的腦袋好好想清楚才對。而且我也不想看到玩樂團的人因此愈來愈混不下去。」

說到玩樂團的人，我突然想起，眼前的人也玩樂團啊。

無論是星川還是成宮，不可否認，這次事件上與我有所關聯的樂手都很沒用。我忍不住對五味淵如此問道：

「五味淵老闆也曾和女人發生這類事情嗎？」

「溫泉蛋，別太得寸進尺了。」

五味淵呼出香菸的白煙。

「我只是問問而已嘛，別這麼生氣。」

我縮起肩膀，五味淵又低聲說著一些什麼，我不禁在意起來，豎起耳朵仔細聆聽。

「……不知道為什麼，都回去了。」

「什麼？」

我不小心反問了回去，五味淵露出不太開心的表情繼續往下說。

「明明一開始感覺發展得還不錯，到了準備告白的關鍵時刻，我就會帶她們來這裡，辦一場專屬的演唱會，唱的當然是我自己寫的情歌。我以為所有女生都會中招的……但不知道為什麼，大家聽完後就都突然有事，然後就回去了。」

自己寫的情歌？難道……是五味淵領軍的那個超遜樂團「Legends」的樂曲嗎？

「怎麼會這樣呢？真不可思議，哈哈。」

我乾笑著打混過去。——你才該仔細聽聽那些女生的哀嚎吧！

這種話當然我是打死也不會說出口的。

track

3

貝斯大逃亡

1

我進公司沒多久就負責起撰寫專欄、介紹活躍的獨立樂團，但我的工作當然不只如此而已。

將近一年尾聲的十二月某日，我在位於澀谷的《RQ》音樂雜誌編輯部忙著處理文書工作時，被主編大久保祥一找了過去。主編喊著「過來一下」，用像在喊貓咪般的方式叫我。

「有什麼事嗎？」

「音無，妳去採訪一下『Monoqlo City』。」

工作總是像這樣突然丟了過來，我眨了眨眼。

Monoqlo City，簡稱MC，是一個由主唱兼吉他手、貝斯、鼓手組成的三人編制樂團，曲風屬於數學搖滾，以變拍節奏和吉他的高速琶音演奏出細膩縝密的音樂。他們是時下頗具實力的當紅樂團，在獨立廠牌發行的兩張專輯都達到熱賣超過一萬張的紀錄，聽說還即將在明年轉至主流廠牌出道。Monoqlo City會在年底《RQ》主辦的音樂祭出場表演，因此編輯部將刊登相關採訪文章。

「我記得MC是高部小姐負責的吧？」

「沒錯，妳就是被選中擔任高部產假代打的負責人。高部可是直接指名妳喔。」

《RQ》原則上採取分配責任編輯給各樂團的形式，而MC的責任編輯是一位女性前輩高部。

高部在去年結婚，今年春天左右發現懷孕，前幾天才開始休產假。二十多歲的她過著如繪畫般的幸福生活，在我這年紀的女生看來當然羨慕不已。然而，高部本人好像對自己的休假相當在意，並不是因為造成同事負擔，而是不想將到手的工作拱手讓人，一有機會便積極地表示自己想盡快回到崗位上。

因此高部的指名更顯得格外沉重，但身為新人的我理所當然沒資格挑三揀四。大久保坐在旋轉椅上，抱著手臂開口：

「MC還沒主流出道，不太有需要顧忌的地方。對負責獨立樂團連載專欄的妳來說，應該不困難吧？」

「是的，我會寫出好文章的。」

確認完樂團聯絡方式等細節交接、準備回到辦公桌上時，大久保再度叫住了我。

「音無！」

我轉過頭，主編的臉上浮現出意味深長的笑容。

……不好的預感。

「謝謝妳代替產假歇息的高部接下工作！年底是正忙的時候，就萬事拜託啦。」

大久保雖然是音樂圈無人不知、無人不曉的知名主編，實際上卻只是個喜歡諧音冷笑話的大叔。

「要是明白現在大家都很忙的話，就不要一直叫住我好嗎？」

我丟下這句話走回辦公桌，聽到大久保對身邊的女同事抱怨著：「那傢伙才來一年，怎麼就這麼冷淡啊！」

2

我聯絡上Monoqlo City的團員，敲定在下北澤北側的「Sound Nova」音樂工作室大廳進行採訪。

之所以選在音樂工作室採訪，是大久保交代必需拍攝樂器等器材。ＭＣ的團員全都出身東京，從以前就將Sound Nova當作他們的練團據點，至今也經常光顧。幸好大廳空間充足，還擺放了桌椅，也順利取得了工作人員的採訪許可。

採訪當天，我比約好的下午三點提早五分鐘抵達Sound Nova時，Monoqlo City的成員已經全員到齊，在三樓大廳等待我。他們圍著圓桌有說有笑，每個人額頭上都浮著薄薄一層汗水。

「我是《Rock Question》的音無多摩子，請多指教。」我出聲打招呼，三人也分別回應了我。

「不好意思，我晚到了。」我邊說邊坐下，其中一名團員揮了揮手。

「不會，我們剛才在練團。」

原來如此，所以才會在這種季節流汗啊。

「我們每週三都會預約五、六小時的練團室時間，途中夾雜著休息或開會，一邊進行練習。店長橫井和我們認識很久了，才會允許我們這樣邋遢地坐在大廳。」

主唱兼吉他手的飯尾聰智向我解釋。他有著稍長的臉型和咖啡色短髮，一身黑色有領襯衫，帶點神經質的氣息。MC的樂曲主要是由他所寫。

「原來是這樣啊。要是剛換責任編輯的第一場採訪就遲到的話，高部小姐會責備我的。」

「不用在意，妳來的時間很準時啊，反而高部小姐自己才遲到過呢，對吧？」

貝斯手柳瀨祐說完，其他團員都笑了。柳瀨是個身材高壯的男性，魁梧的體格搭上一張娃娃臉，給人爽朗的感覺。

在柳瀨身旁、臉上掛著笑容的是鼓手鹽谷昇。他的劉海幾乎遮住眼睛，乍看之下難以親近，仔細一瞧會發現他長得相當體面。

初次見面又是當紅樂團，我本來在會面前相當緊張，但團員輕鬆熱絡的氣氛讓我鬆了口氣。我將錄音筆放在桌上，開始進行採訪。

為了寫出一篇綜合訪談文章，我向他們詢問了許多事情，像是專輯發行的回響、對年底音樂祭的抱負（雖然等到雜誌發售時，音樂祭已經結束了）、最近周遭的變化或印象深刻的事情等等。團員三人和我年紀相近，都是二十來歲，訪談就在像是和朋友或學長說話的氛圍下順利進行。

提起樂團轉至主流廠牌的話題時，氣氛變得稍微有些嚴肅。

「現在是樂團必須一鼓作氣、積極向上的時期。我們在作曲上比以前更注重細節，過去在表演上演奏無數次的歌曲也都重新進行了編曲。」

飯尾雙頰泛紅地說。

「那也是因為以前覺得技術困難的部分，現在都做得到了。」

鹽谷自豪地接話。

聽著他們的對話，我想起了一年前的自己。我在通過數千分之一的徵選機率、得到《Rock Question》編輯部錄取通知後，和朋友聊天時總一不留神就開始滔滔不絕談起自己想以音樂雜誌編輯的身分做些什麼。借飯尾的話來說，我也是抱著「一鼓作氣、積極向上」的心情吧。

進公司已經過了八個月，雖說還是菜鳥，但多少也明白工作的現實性，也不再輕易說些不知天高地厚的話了。

Monoqlo City在現在的我眼中，實在相當耀眼。我打從心底希望他們加入主流廠牌後的活動一切順利。

「很不錯呢。連我都感受到你們的熱情，忍不住激動起來了。」

飯尾聽到我這麼說，露出了微笑。

「我們都準備好了！柳瀨甚至一鼓作氣買了新貝斯呢。」

「哇，這樣啊！」

「一個月前左右買的。」柳瀨接話道：「因為高琴衍的貝斯彈起來比較順手，MC的音樂也經常用到。而且啊，用高琴衍彈奏能讓餘音更持久喔。」

高琴衍意即靠近琴身處的琴衍，也是彈奏高音時按弦的位置。餘音則是彈弦時聲音餘韻的長度。

「不好意思，問個比較私人的問題，請問大概多少錢呢？」

柳瀨毫不扭捏地回答：

「大概六十萬日圓。」

高價位的樂器比比皆是，或許六十萬算不上太過驚人的數字。然而，對我這個才進公司一年的小職員來說，還是會下意識覺得「好貴！」，光是一把貝斯就等於我現在兩個月的薪水了。

「生財工具果然很花錢呢。」

「是啊，多虧這把貝斯，我暫時要過著窮困的日子了。」

柳瀨露出苦笑，飯尾趕緊打圓場。

「說到這個，柳瀨有自己的車，超棒的！他每次來工作室也都是開車，哪像我都得提著吉他和效果器辛苦搭電車，很羨慕呢。」

鹽谷也不停地點頭附和。

我繼續往下問，原來團員中只有柳瀨在上班，經濟方面比較寬裕。其他兩人則是邊玩樂團邊打工的樣子。

「表演的時候我不都幫忙開車載器材了嗎？別忘了，當上班族也是很辛苦的啊。」

柳瀨愣愣地說完，飯尾便縮起肩膀說：

「是是是，太感謝你了。」

並不是帶刺的語氣，柳瀨看見飯尾的態度不禁笑了出來。

看來團員相處得很融洽。以前我曾採訪過一個樂團，他們最後因吵架而解散，MC的三名團員感情很好的模樣，讓我忍不住鬆了口氣。

看著團員的笑臉，我突然想起拍照的工作。我一邊繼續談話，一邊努力以相機捕捉他們最自然的狀態。在拍攝一張張團員個人照、全員合照等各種照片時，我不小心將從裡側走廊走出來的女性也拍進了背景。

她是個身形嬌小的年輕女孩，單手提著木吉他盒，雙肩背著大學生上學用的背包，大小剛好可以收納筆記本或電腦。

「辛苦了，掰掰！」

MC的團員向女孩打了聲招呼，她則是點頭回應，接著就下樓離開了。

「你們認識嗎？」

我一問完，三人同時搖頭。柳瀨解釋道：

「不認識，只是遇到其他人習慣打聲招呼而已。」

沒多久，一樓的男性工作人員走了上來，轉進裡側的走廊，看來是要整理剛才女孩使用的練團室。我看一眼手表，指針指向三點五十分。練團室的租借是採小時制，女孩應該是預約到四點吧。

Sound Nova沒有電梯，只能靠樓梯上下移動。三樓的布局是從並排著圓桌的大廳延伸出走道，盡頭兩側有兩間練團室相對。如果人在大廳的話，從角度上看不見練團室房門。

我的心思不禁轉向練團室，開口說：

「一個小時的訪談已經聽你們聊了許多事，我想差不多可以開始進行器材攝影的部分，沒問題嗎？」

「當然。器材也都組裝好了。」

我們從位置上站起來，踏進走廊。走廊正對面盡頭是看似通往室外逃生梯的大門，

C練團室和D練團室分別在左右手側。練團室房門鑲有玻璃，看得見室內的模樣。Monoqlo City租借的是C練團室，剛才的男性工作人員則還在D練團室裡。

打開厚重的防音大門、走進C練團室後，柳瀨便發出不尋常的反應：

「咦？」

「怎麼了？」

鹽谷問道，但還沒等到柳瀨回答就發現到異狀。

「我的貝斯……到哪裡去了？」

擺在巨大貝斯音箱旁的琴架上空無一物。柳瀨剛買不久的貝斯就這樣消失在C練團室。

3

所有團員聚在Sound Nova一樓櫃檯，對橫井店長進行質問。

「我放在C練團室的貝斯不見了。剛才有任何可疑人物進來練團室嗎？」

橫井聽到柳瀨的問題，露出困惑的表情。

「沒看到呢……話說回來，你們人不就在大廳嗎？如果有人進去C練團室，一定會注意到的吧？」

橫井是四十歲左右的男性，綁著綠色頭巾，剛才上樓整理D練團室的人也是他。如同飯尾先前提到他們認識已久，他對MC團員的說話態度相當親近。

「反而是我要問你們，有沒有看到可疑人士？」

「沒看到。從那條走道經過C練團室的只有橫井店長，沒其他人了。」

柳瀨回答。Sound Nova似乎沒有監視器之類的設備。

飯尾突然想到什麼，開口問道：

「我沒記錯的話，走廊盡頭那扇門的鎖壞了吧？」

他指的是通往室外逃生梯的大門。據飯尾所言，門鎖大概一個月前壞了，但因為大門形狀特殊、無法修理，就一直維持那樣。如果大門可以從外面打開的話，外人就有可能避開位於大廳的團員，闖入C練團室偷走貝斯了。

音樂器材都是高價物品，樂器遭竊更是經常發生的意外，管理者卻讓工作室處在允許外人闖入的狀態，實在太不用心了！然而，身為店長的橫井並不是毫無作為，他說：

「你說大門啊？兩天前就修好了。」

「咦？是這樣嗎？」

「鎖匠那邊終於找齊修理用的零件，聯絡了我。新門鎖用的是一打開就無法恢復原狀的設計，要是有誰開過那扇門，看一眼就能明白。剛才我整理D練團室的時候也看了鎖頭，不像有人打開過的樣子。」

也就是說，不可能是外人闖入……

「這樣一來，就更可以縮小嫌犯人數了。」

我忍不住從旁插話。「縮小嫌犯人數」只是婉轉的說法，實際上我只想到一個人可能犯案。

柳瀨右手的拳頭拍在左手掌上。

「在D練團室練習的女生。除了她以外，沒有人可以進到C練團室。」

「她」指的是那個提著木吉他盒的年輕女孩。從大廳往練團室的方向有視線死角，如果是她的話，就有辦法趁MC團員人在大廳時潛入C練團室。

「訪談前從C練團室走出來時，我看到她彈著黑色吉他的背影。」

鹽谷跟著作證。他應該是透過鑲在門上的玻璃，瞥到了D練團室的內部。

「她也一樣能確認我們什麼時候離開練團室……然後算準沒人在的時機，從C練團室偷走貝斯。」

「橫井店長，你能叫她回來嗎？」

柳瀨激動地說。橫井從櫃檯抽屜取出帳本，開始翻找資料。Sound Nova是採取會員制，因此能輕易掌握顧客的名字和聯絡方式。

「嗯……找到了，她的名字是菅本春菜，也有電話號碼，我打給她看看。」

「菅本春菜？」

看到鹽谷的反應，飯尾問道：

「你知道她嗎？」

「她偶爾會在這附近辦表演。雖然因為音樂類型不同，我們沒有同台演出過，但我看過她在其他活動自彈自唱。我不太記得她的長相，剛才沒認出她來。」

橫井很快地拿起櫃檯的電話撥給菅本，她也答應會回來一趟Sound Nova。

「店裡發生了一點小麻煩。如果妳不來一趟的話，可能會有警察前去拜訪也說不定。」

雖然聽起來頗具威脅，但畢竟是竊盜事件，店長的說詞也沒有錯。不管怎樣她都是最有嫌疑的人，也勢必會被警方問話吧。

橫井放下話筒，重新看向ＭＣ的團員。

「她家好像離這裡很近，放完樂器就會馬上回來。」

雖然成功將菅本找回了工作室，但是……

「也就是說她不會帶著偷走的貝斯回來嗎……」

柳瀨看起來對此相當不滿。這也沒辦法，總不可能會有這麼少根筋的小偷，帶著竊盜品若無其事地回到犯案現場吧？

等待菅本的時間過得特別漫長。

「她看起來還是大學生，可能沒什麼錢吧。玩音樂又是一大筆花費，就算她打算偷走貝斯賣錢也不奇怪哪。」

「畢竟是要價六十萬的貝斯啊。話又說回來，她竟然真的偷走了琴，膽子也大了。真是人不可貌相啊……」

我聽著ＭＣ團員彼此的談話內容，發現一絲不對勁。

「請問……她真的有可能將貝斯帶出練團室嗎？」

柳瀨一臉納悶，我便拿出剛才攝影用的相機，讓他看照片上偶然拍進畫面裡的菅本。

「請仔細看菅本的行李。」

柳瀨和其他團員都盯著相機螢幕。菅本右手提著木吉他盒，琴身部分微微下傾，肩上背著一般大小的後背包，除此之外沒有其他東西了。

「明白了吧？她的行李根本沒有空間裝貝斯啊。」

飯尾低聲沉吟。

「說得沒錯……琴盒通常是貼合樂器形狀的設計，考慮到從琴頭到琴身的長度，電貝斯不可能裝進木吉他盒。用琴袋的話，或許還有可能吧？」

如果是琴袋的話，只要稍微拉開拉鍊、露出琴頭的話就能勉強裝進袋子裡，而琴盒就沒辦法了。

後背包則是根本不用討論，貝斯琴身或許還裝得下，但琴頸以上絕對會暴露在外。如果她就這樣帶出練團室，我們肯定會注意到，而且照片上的後背包相當正常，也證明了這點。

「柳瀨的貝斯應該無法拆解吧？」

柳瀨露出複雜的神情。

「如果是的話，事情就簡單了。」

若是鎖接式琴頸的電貝斯，只要將固定琴頸和琴身的鎖頭拆開就能拆解貝斯，也就有辦法收納進木吉他盒裡。只不過……

「我的貝斯是一體琴頸，不能拆解。」

「一體琴頸？」

「一把琴頸從琴頭延伸到琴身尾端、左右貼上兩翼側做為琴身的貝斯構造。琴頸來自同一塊木頭，長度等同整把貝斯，所以當然無法拆解、摺疊。」

易於彈奏的挑高琴衍或延長餘音是一體琴頸的強項所在，也是較鎖接式琴頸少見的構造。就連曾玩過貝斯的我，都不知道有一體琴頸這種貝斯。

「要是不能拆解，她就不可能收進那些行李裡了……」

我輕聲說完，鹽谷突然回過神般開口：

「就算可以拆解，我認為貝斯也收不進她的行李裡。」

「為什麼這樣說？」

「剛才也說過，我看到她在彈木吉他。」

鹽谷指的是透過門上玻璃看到的菅本背影，以及露出在背影之外的黑色吉他琴身。

「從練團室也傳出了細微的吉他聲和歌聲。」

飯尾也為鹽谷佐證。

「木吉他收進琴盒後，就沒有其他空間了吧？我不認為她還有辦法塞進貝斯的琴身或琴頸。她的背包當然也放不下那麼長的琴頸。」

如此一來，結果就很明顯了。我再次將結論告訴柳瀨。

「貝斯不可能是菅本帶走的。」

「但是，還有其他進得了C練團室的人……」

柳瀨還沒說完，飯尾緊接著開口：

「還有一個人啊。」

他的視線投向橫井。

「橫井店長就有機會拿走柳瀨的貝斯。」

橫井看來是對此無法再保持沉默，甩著長髮一臉憤怒。

「我一直以來對你們這麼好，你們居然懷疑我？」

然而飯尾也毫不怯場。

「我們只是在討論可能性而已。如果是在菅本離開後去整理D練團室的橫井店長，就有辦法進入C練團室帶走貝斯。目前所知，走過那條走廊的人也只有橫井店長和菅本而已。」

「等一等，你們看到我拿著貝斯了嗎？如果我真的把貝斯拿到其他地方，人在大廳的你們一定會留意到吧？」

「你也可以先將貝斯暫時放在D練團室，之後再去拿回來就好了吧？」

聽到這句話，橫井從櫃檯走了出來。

「既然你都說到這個地步，就去親自檢查看看D練團室吧。」

因為這句話，MC團員三人、橫井和我決定前往暫時沒有客人預約的D練團室。

身為玩過樂團的人，我對D練團室的第一印象是相當常見的樂團練習室。

立方體空間的最裡側架著爵士鼓組，鏡子張貼在大門側的牆壁上。面向爵士鼓左手邊是與我身高差不多高的貝斯音箱，右手邊則是其他廠牌的吉他音箱。連接麥克風與擴音器的混音器擺在入口附近的金屬置物架最上層，底層放著用來重播和錄製CD的播放器。天花板上，可以俯瞰房間的位置安置了兩顆擴音器，入口大門上方掛著壁鐘和通知時間結束的訊號燈。整間練團室的配置大概是這樣。房內沒有窗戶，只能從大門進出。

D練團室僅是個人練習用的練團室，空間不大，當然更是幾乎沒有可以藏匿貝斯的地方。MC的團員搜索了幾分鐘後也宣布放棄。

「看吧，我沒有拿走你們的貝斯。」

橫井半是諷刺，半是發愣地說。

「剛才橫井店長整理過房間吧？當時有注意到什麼奇怪的地方嗎？」

聽到我的發問，橫井歪起頭思考。

「沒什麼特別的呢……木吉他個人練習本來就不太會用到器材，我想她應該也只使用過麥克風而已。」

「我看到她拿了兩把椅子出來。」

鹽谷補充道。他拿來兩把疊在牆壁旁的圓凳椅，重現當時的擺設。

「大概像這樣。」

兩把椅子相距約七十公尺，擺放在房間中央。和菅本同樣是主唱兼吉他手的飯尾開口：

「一把是演奏或休息時自己要坐的，另一把是用來放寶特瓶、吉他撥片或移調夾這些小東西，有哪裡奇怪嗎？」

「比方說……她會不會將椅子當作踏台，把貝斯藏在高處呢？畢竟椅子很小，只有一把很難立足吧？」

我說出腦中閃過的念頭，橫井卻不贊同。

「妳說藏在高處……但這房間連檢修口都沒有喔。就算爬上椅子，也找不到可以藏貝斯的地方。」

雖然橫井這麼說了，我還是試著站上椅子。我脫下平底鞋，稍微拉近兩張椅子，雙腳各踩在椅座上。幸好今天不是穿裙子。

我拚命伸長手臂也搆不著天花板，我的身高大約是普通女性的平均身高，比嬌小的菅本還要高上許多。很明顯地，如果連我都碰不到天花板，菅本就更不可能以椅子當踏台藏匿貝斯了。

我可能是想得太複雜了吧。我從椅子上一躍而下，然而……

「哇啊！」

套著絲襪的腳不小心一滑，我就在四個大男人眼前四腳朝天摔在地上。

「音、音無小姐，妳沒事吧？」

飯尾伸出手，我趕緊坐起身子。我拉住他的手站起來，一邊揉著疼痛的屁股。

「抱歉，我沒事……好痛啊！」

「謝謝妳拚命幫我找貝斯，但請不要因此受傷了啊。」

柳瀨露出苦笑。我真想找個洞鑽進去。這時我忽然想起脖子上還掛著相機，忍不住打了個寒顫，幸虧剛才是往後倒在地上，相機看起來沒什麼問題。

「妳的背都弄髒了。」

飯尾邊說邊幫我拍去背上的髒污，他似乎很會照顧人。

我脫下深藍色夾克，撞到地面的背部和腰部附近一片花白，用力拍打後才變回原本乾淨的樣子。

「這是砂子嗎？奇怪了，我每天早上都會拖地的啊……」

橫井喃喃地說著，走出D練團室，不久便拿著拖把回來。他拖著地，頭也不抬地開口：

「總而言之，我的嫌疑洗清了吧？」

然而，飯尾卻依舊堅持。

「還沒呢。還有一個可能：你在我們人都在C練團室、也就是發現貝斯被偷走的那瞬間，將貝斯帶出去的。」

「喂喂喂、難道你接下來打算搜索整間工作室嗎？」

「或是有共犯幫忙的話，也可能將貝斯運到外面。說不定琴已經不在這棟建築物裡……」

「等一等！」我阻止飯尾繼續鑽牛角尖，「我們進去C練團室的時候，入口大門還是打開的。而且柳瀨馬上就發現貝斯不見，要是橫井店長在那段時間將貝斯帶出練團室的話，一定會有人注意到的吧？」

「她說得沒錯。我才沒有偷走貝斯。最重要的是，如果我真的為了錢而偷樂器的話，明明還有其他帶更高價樂器的客人哪。」

橫井這句話也有幾分道理，總之無論從哪一點來看他都是清白的。他和菅本一樣，都不可能將貝斯帶出練團室外。

4

世界上就是有這麼奇妙的事，就在沒有人可以將琴帶出室外的狀況下，六十萬日圓的電貝斯忽然憑空消失了。

MC團員說過，就算不像今天這樣接受採訪的日子，他們在練習途中偶爾也會將器材丟在練團室就來到大廳休息。但即使如此，今天他們來到大廳是我邀約採訪的緣故，因此無法否認這都是我起的頭。

所有人回到一樓後，身負責任感的我提議道：

「向警察報案吧。」

「看來只能這麼做了……」

柳瀨一臉消沉，但橫井卻露出不悅的表情。

「要讓警方搜索工作室嗎？接下來還有客人預約呢。」

「你怎麼還說這種話？偷竊可是犯罪耶，報警也是應該的吧？話說回來，自己開的工作室發生了偷竊案，你難道都不覺得該負點責任嗎？」

飯尾對橫井的態度依然強硬，但橫井聞言只是冷淡地回道：

「我貼了公告啊，你看。」

他指向貼著印有「注意」紙張的牆壁，上頭寫著：樂器和器材請自行妥善保管。如發生偷竊、遺失等情況，本工作室概不負責。

「雖然不是什麼值得聲張的事，但音樂工作室或Live House常有音樂器材遭竊，是沒管好樂器的你們自己的錯。」

雖然橫井這番話很冷血，但柳瀨也無話可反駁，垂下肩膀一臉失落。就在我想擺脫現場僵硬的氣氛，準備打電話報警的時候……

一名女性從Sound Nova入口大門走了進來。

「不好意思……剛才店長打電話要我回來一趟。」

菅本春菜抬眼看著我們，一臉困惑的表情。

她穿著和剛才練團時相同的卡其色外套和粉紅色褲裙，咖啡色中長髮和兩頰紅潤的妝容散發出時下年輕人的可愛氛圍。她雙手空空地前來，看來是將行李都放在家裡了。

「發生什麼事了嗎？」

面對菅本的疑問，柳瀨逼近她反問道：

「是妳偷了我的貝斯的嗎？」

「什麼？怎麼突然這麼問？」菅本一臉微怒。

柳瀨看起來已經失去耐性，再這樣下去只會起爭執而已，我趕緊替他接話，向菅本說明事情的經過。

「……就是這樣，可以進入C練團室的除了橫井店長，只剩菅本妳了。」

「開什麼玩笑？」菅本猛地站起來，「就算我可以進C練團室好了，我的包包根本沒空間藏貝斯啊。這不用想也知道吧？」

她說的沒錯。我試圖安撫她的情緒，繼續說道：

「但是，只有妳和橫井店長經過那條走廊，而且逃生梯的門鎖兩天前就修好了……」

「是這樣嗎？」

菅本望向橫井，橫井大大地點頭。

「新的鎖一打開就不能恢復原狀，剛才門鎖看起來不像有人動過。」

「是嗎……上星期我也來過這裡，沒注意到今天門鎖已經換了。」

可能是發現自己嫌疑愈來愈大，菅本的臉色變得難看起來。突然間，鹽谷開口：

「對了，妳換了吉他嗎？」

「是的……為什麼你會知道？」

「我之前偶然看過妳的表演，也記得很清楚，當時妳拿的是櫻桃漸層紅的蜂鳥吉他。」

蜂鳥吉他是吉普森公司製造的木吉他。琴如其名，是以吉他面板上的小鳥彩繪為特色的名貴型號。櫻桃漸層紅指的是從吉他的上色方式，從琴身中央的天然木材色往外漸層為鮮豔的櫻桃紅。

「不過妳今天帶進D練團室的吉他，琴身背面是黑色的。一般來說，櫻桃漸層紅的蜂鳥吉他背面是咖啡色，不會是黑色吧。」

「你明明是鼓手，卻對吉他很了解呢。」

我忍不住脫口而出，鹽谷直白地解釋：

「因為我也彈吉他嘛。」

另一頭的菅本則露出明顯失落的表情，道出換吉他的原因：

「我的蜂鳥吉他在兩個月前左右壞掉了。我當時裝在吉他袋帶出門，但在路上跌了個大跤。吉他正面撞在地上，琴身裂成了兩半。」

「這……真是太慘了……」

鹽谷一臉心痛的模樣，彷彿懷掉的是自己的吉他。

「蜂鳥吉他一把要價超過三十萬，不是一個藝大生能在壞掉後馬上再買一把的價格。之前使用的吉他也是我從高中開始打工存錢，上大學後才終於入手的。」

看著小聲說著「所以我一直很珍惜它……」的菅本，我忍不住同情起她來。

「我對蜂鳥吉他已經有感情了，打算將來再買同樣的型號。但暫時沒吉他可彈的話，也擔心技巧會變得生疏，因此這段時間先用那把五萬日圓的黑色吉他。」

據她所說，之所以換成琴盒，也是害怕琴袋會再次讓樂器損壞。盒子提起來一定很重吧，想到她的顧慮，就令人感到鼻酸。即使是身為社會人士的我，三十萬也不是能輕易拿出來的金額。不知道要等到什麼時候，她才能再次存到能買到蜂鳥吉他的錢呢？

菅本的故事讓我一時忘記吉他遭竊的事情，但飯尾始終相當冷靜地聆聽。

「也就是說，妳現在很需要錢囉。很可疑呢。」

正如飯尾所言，菅本確實有偷走貝斯的動機。

「我說過了吧！我不可能把貝斯帶出練團室的！」

菅本滿臉通紅地回話，場面變成僵持不下的狀態。

「果然只能報警了吧。」

橫井搔著頭，伸手準備拿起櫃檯的話筒。誰都無法解釋眼前充滿謎團的狀況，看來還是得仰賴警方……

就在這時，我突然靈光一閃，想到了可以解決謎團的人選。

「抱歉，我先打個電話。」

橫井聽到我的話，停下手上的動作。

「和竊盜案有關的電話嗎？」

「是的，我很快就回來，在那之前可以先不要報警嗎？」

我確認橫井放回話筒後，立刻奔出Sound Nova。外頭太陽已經西沉，吹拂在下北澤道路上的冷風沁入肌膚。看來講長時間的電話會是件苦差事啊，我拿出手機，撥出了號碼。

鈴聲響了十幾次仍無人接聽。不接電話嗎？偏偏在需要他的時候特別忙！就在我著急地胡思亂想時，電話另一頭終於有了回應。

「……溫泉蛋，找我什麼事啊？」

「你總算接電話了。剛睡醒嗎？」

「才不是。剛才還在彩排，沒辦法馬上接電話，反正妳打來也不會是什麼要緊的事。」

真是沒禮貌！我本來打算反譏回去，但想到電話講愈久只會讓身體愈寒冷，便果斷地放棄了。

與我通電話的是Live House「Legend」的店長五味淵龍仁。雖然他經營的Live House孕育出許多知名樂團、也在音樂業界享有名聲，但本人平常就是個頹廢又不客氣的中年男子。雖說我為了撰寫挖掘獨立樂團的連載專欄受過他許多照顧，實在不該太過失禮，但上述對他的形容再貼切不過了。

但是，五味淵除了擁有能辨別樂團才能的聽力之外，還有個超乎常人的特長：解決謎團的推理能力。至今為止，他光是聽過我轉述事情經過，就立刻看穿了Live House器材毀損案件、花心女友不在場證明的真相。

像今天這種神祕事件，就是他出場的時候了。我真該早點想到的！我在心裡碎念，用了稍微諂媚的語調開口：

「我現在人在下北澤的Sound Nova，發生了不可思議的事情。我想，說不定可以借用五味淵店長的智慧解決……」

「……妳啊，只在困擾的時候才會找我幫忙，是把我當成客服中心還是什麼啊？」

「不困擾的時候也能找你幫忙嗎？」

「那反而會造成我的困擾！」

就這麼拒人於千里之外嗎？

「總之你可以馬上過來一趟嗎？反正彩排工作你也總是交給工作人員吧？」

「開什麼玩笑？我要掛斷了。」

「等一等！不然講電話也沒關係，聽我說嘛！」

我開始轉述今天發生的事：消失於C練團室的貝斯、屈指可數的嫌犯、怎麼想都無法參透的貝斯偷竊方法……我連自己從椅子上跌下來的糗事都交代得一清二楚。

我大致說完經過後，五味淵如此發問：

「那個叫菅本的女孩子，她手上提的琴盒是傾斜的嗎？」

「傾斜……你指的是……？」

「琴頭在上、琴身在下。她是在琴盒傾斜的狀態提著走的嗎？」

我打開掛在脖子上的相機螢幕，找出不小心拍進菅本的照片。正如五味淵所說，菅本的琴盒是斜的。

「真的呢……你明明沒看到照片，為什麼會知道呢？」

「只要思考一下就能明白了。」

「可是吉他的的琴身比較重，自然就會像這樣傾斜的吧？」

五味淵呼出長長一口氣，可能是在吐香菸的煙吧。

「這次和上次一樣，都只是非常單純的事情罷了。雖然妳嘴上說著不可思議，在我看來，現場沒人發現到真相這件事才不可思議呢。」

「也就是說，你知道犯人是怎麼將貝斯拿出練團室的囉？」

面對我激動的反應，五味淵只是冷靜地教誨：

「再怎麼微小的聲音，都要用耳朵好好傾聽。這樣一來，真相自然會攤在眼前。」

5

「我知道犯人是怎麼從練團室帶走柳瀨的貝斯的了。」

我一回到 Sound Nova 便開口宣布，ＭＣ團員三人、橫井和菅本一起瞪大了眼睛。

「犯人到底是誰？」

飯尾粗暴地問。我的視線對上某人，繼續往下說：

「和我們最開始的猜測一樣，犯人就是菅本。」

可能是這答案並不意外吧，在場所有人並未露出驚訝的樣子，甚至菅本自己也一臉鎮靜。

「都說過好幾次了，我不可能將貝斯從練團室偷出來啊。」

「我之前也這麼想。不過，妳是把貝斯裝在木吉他琴盒裡帶走的。」

「就說不可能了。木吉他琴盒的長度根本不夠啊。」

我看向提出異議的柳瀨。

「盒子長度不夠的話，只要把貝斯變短就好了。」

「要怎麼變短？我的貝斯是一體琴頸，沒辦法拆解……」

話說到一半，柳瀨突然會意過來。他張大嘴巴，一臉不可置信。

「如果這麼做的話……那把貝斯的價值就……」

「沒有其他方法的話，就只有這種可能：菅本**將貝斯給鋸斷**了。」

這是五味淵做出的推理。

「據鹽谷所說，D練團室並排著相隔約七十公分的兩張椅子吧？菅本就是將柳瀨的貝斯放在椅子上，用鋸子切斷琴頸，拆開琴頭和琴身。這樣一來，就能將貝斯裝進木吉他的琴盒裡帶走了。」

貝斯的琴頸是木製的，用鋸子的話即使是力氣較小的女性也能輕易鋸斷吧。只要選擇摺疊式鋸子，就能收納進菅本的行李之中了。

鋸木頭時會掉落木屑，雖然鋪上報紙或做其他防範能盡量避免木屑飛散，但也無法徹底做到讓地面一塵不染。我跌倒時夾克上沾到的白色粉塵，就是木屑。

貝斯琴身通常比木吉他小，收進琴盒綽綽有餘。接下來，只要用鑷子之類的工具剪斷琴弦，將剩下的琴頭塞進琴盒或放進背包裡就完成了。

「慢著，還是有不合理的地方。」

鹽谷提出相反的觀點。

「她還帶著木吉他呢。我從房門玻璃看到她的吉他，也聽見演奏聲了。琴盒光是放木吉他就沒位置了，不可能還塞得下貝斯被拆解的琴身。而且D練團室可沒有多出一把吉他來。」

五味淵是不可能遺漏這點的。

「這就代表，菅本從一開始就沒帶吉他來吧？」

「我剛才說了，我看到她在彈吉他啊！」

「你看到的是她的背影和露出背影外的琴身部分而已吧？」

「是沒錯……」鹽谷聽到我的反問，反而變得不太確定。

「那不是吉他。那只是用厚紙板或其他紙材做的、類似吉他形狀的東西罷了。」

鹽谷說過，菅本的吉他是黑色的。和複雜的櫻桃漸層紅配色比起來，讓吉他看起來是黑色的再簡單不過了。

話說回來，ＭＣ團員不一定會留意到D練團室的內部狀況，這或許只是她為了保險起見而做的小花招。不需要擔心有人會就近細看，因此用不著做得和真正的吉他一模一樣。

菅本剛才說過自己是藝大生，雖然不是每個人都一樣，但藝術大學的學生應該多少會做手工藝吧？只是剪出吉他形狀的厚紙板而已，對她來說可能是小事一樁也說不定。

「我只瞥到一眼菅本的吉他。如果那是紙做的，確實可能也看不出來。但是從練團室傳出來的演奏聲又該怎麼解釋呢？我不只聽到歌聲，也真的聽見木吉他的伴奏了。」

「那恐怕是喇叭播放出來的音樂吧？畢竟Ｄ練團室也有ＣＤ播放器啊。」

只要錄下自己的彈奏再用播放器放出來，就能讓Ｄ練團室傳出自彈自唱的聲音了。如果直接聽的話，可能有辦法發現是錄音。然而今天ＭＣ團員聽到的是從隔音練團室傳出來的漏音，也不是在專注聆聽的狀態，錯認成實際演奏也是在所難免。

無話可反駁的鹽谷轉頭望向菅本，她則是閉口不語。我繼續複誦五味淵的推理內容。

「菅本因為某種理由決定竊取柳瀨的一體琴頸貝斯，她發現Monoqlo City經常在Sound Nova練習，於是也數次來到工作室勘查、訂定計畫。她在今天預約了與Monoqlo City相同時段的隔壁Ｄ練團室，透過房門的玻璃盤算偷出貝斯的時機。當ＭＣ團員一走出練團室，她就立刻轉過身假裝演奏吉他，等到確定他們人在大廳後，潛入Ｃ練團室把貝斯帶回D練團室。接著，她將貝斯放在椅子上，切斷琴頸後塞進木吉他盒裡，再將紙做的假吉他摺疊收進背包。最後只要提著裝著壞掉貝斯的琴盒離開Sound Nova，一切就大功告成了。」

身處案發現場的菅本雖然沒辦法避免自己受到懷疑，但可以主張自己不可能讓要價六十萬的貝斯在完好無缺的狀態下帶出室外。因此，就能引導至「柳瀨的貝斯是外人侵入所為」的結論，她也就能洗清嫌疑……照理說應該是如此。

「妳最大的失算，就是橫井店長在兩天前修好了逃生梯大門。妳在破壞柳瀨的貝斯前，應該好好檢查門鎖的。忘了檢查的結果，就是反而大大限縮了嫌犯人數。」

無論再怎麼精心製造出無法帶走貝斯的情況，嫌犯只有自己的話就沒有意義了。菅本就是在如此顧慮下，打算將案件偽裝成單純的竊盜事件。當她聽見橫井說門鎖修好時，臉色會變得難看也是這個緣故。她當時想必是咒罵著自己的不走運吧。

「妳有證據嗎？」

菅本抬眼問道，她的聲音帶有一絲放棄的味道。

我打開掛在頸間的相機螢幕，找出照到菅本身影的照片。

「這是菅本從走廊走出來的樣子。她手上的琴盒是琴頭向上、琴身向下傾斜的。」

「所以呢？」飯尾發問。

「大部分這種類型的琴盒為了方便讓人提著走，在放入樂器時會是水平的狀態。然而，菅本的木吉他盒卻明顯斜向一側，這樣一來就很難提著走吧？因為裡面裝的不是木吉他，才會傾斜成這樣的吧？」

五味淵注意到琴盒的傾斜也正是基於這個理由。按照他的推測，菅本若要將貝斯帶出練團室，就只能放進琴盒裡。這樣一來，她勢必要拆解貝斯，琴盒也一定會因此傾斜。

「我的琴盒……本來就是歪斜的……」

「那就請妳直接把琴盒拿過來，證明給我們看吧。當然，裡面要裝木吉他喔。」

菅本低下頭，吐出長長的嘆息，從喉嚨擠出略帶沙啞的聲音：

「……沒試著打開逃生門是我太大意了。腦袋光想著要怎麼實行計畫，根本沒有餘力顧慮到那些。」

「我有個問題。假設逃生門沒修好，妳還是可以先將貝斯拿到逃生門外，再繞到外面拿回貝斯啊。雖然是結果論，但這樣一來就會注意到門鎖已經修理好，及時取消犯案了吧？為什麼妳不那麼做呢？」

這也是五味淵提出的疑點。而據他的推測，菅本是為了避免有人目擊到自己前往逃生梯取走貝斯的風險。

菅本的說明卻和五味淵的想法大相徑庭。

「這樣一來，不就等同於是為了錢而偷竊貝斯了嗎？我的目的只是要破壞貝斯而已。就算不會有人發現，在我心中還是想做出明確的分隔：我不是要偷走貝斯，而是要破壞它。」

要價六十萬日圓的貝斯不見了，任誰都會以為是遭竊。也是因為我們受限於這樣的思路，才會解不開謎團。今天發生的並非竊盜案，而是毀損器材案件。

「為什麼妳要破壞柳瀨的貝斯呢？」

面對鹽谷的質問，菅本壓低聲音回答：

「這是我的蜂鳥吉他被弄壞的報仇。」

柳瀨突然露出不安的神情，鹽谷卻絲毫沒發現，繼續問道：

「妳說過吉他在兩個月前壞掉應該是事實吧。但『被弄壞』又是怎麼一回事？妳不是說吉他壞掉是因為跌倒嗎？」

菅本咬著下唇，開始說起事情原委：

「那一天，我表演結束後走在回家的路上。時間已經是晚上了，我背著放在琴袋裡的蜂鳥吉他，突然從轉彎處衝出一輛車來。那個十字路口明明有『停車』的交通標誌，但車子的速度卻彷彿完全無視標誌。」

我瞬間明白柳瀨表情一變的原因。

「我情急下迅速跳開，雖然免於被撞，但整個人跌坐在吉他上……車子完全沒有減速，很快就開走了。我記下了車牌號碼。」

「真是太過分了。」

橫井低聲說著。ＭＣ團員則是沒有任何人開口，可能內心想的事和我相同吧。

「一個月後，我湊巧在這間工作室入口發現那天差點撞到我的車，車牌號碼也和我記憶中一模一樣。就在我震驚不已時，柳瀨從駕駛座走了出來。」

菅本原先就知道Monoqlo City，看到柳瀨走下車後也馬上就認出他來。

「我立刻搜尋網路上的資料，那輛車的主人確實是柳瀨，也一直都是他自己開車。也就是說，那天晚上差點撞到我的人就是柳瀨。」

菅本的聲音加強了力道。

「對方也是音樂人、在這種地方再會……種種偶然讓我無法抑止內心的激動，希望讓對方也遭遇到和我相同的下場。這一切彷彿是命運驅使我這麼做的。」

「柳瀨，這是真的嗎？」

飯尾追問道，柳瀨無力地垂下頭。

「……我不確定。都是兩個月前的事了，記憶很模糊。我有印象在擋風玻璃邊緣瞥見背著吉他的女孩子身影，但因為確實沒撞到人，就沒特別在意地開走了。由於是晚上，就算她跌倒了我也沒看到。」

如果菅本的證詞無誤，那麼無視交通標誌的柳瀨說再多藉口也沒用。但畢竟車子並未碰到人，菅本也沒有報案，無法當成交通事故處理。實際上，我聽說也曾有車子沒碰到人的交通事故賠償案例。如果菅本當時報案的話，或許能得到不一樣的結果也說不定。

「最心愛的吉他被弄壞了，我真的好悔恨，無法原諒對方……」

眼淚從菅本臉上滑落。

「我知道做這種事也無法改變什麼。但是，我真的很想讓對方多少明白這種痛苦。就算賠償一把全新的吉他給我，也無法取代原本的琴……我的蜂鳥吉他對我來說就是如此重要。」

我似乎可以理解菅本的心情，因此什麼話也說不出來。常年使用的馬克杯、愛用的包包、陪伴我聯絡許多事情的手機……我回想起自己要丟棄這些物品時湧上心頭的感傷。

然而，並非所有人都對菅本感到同情。橫井接下來的發言就如同大人對年輕人的訓斥：

「所以才不該破壞別人的樂器吧？如果那真是妳心愛的吉他、如果妳真的明白樂器被弄壞的痛苦，就更不會做出這種事啊！」

菅本哽咽地哭了起來，橫井拿起話筒繼續開口：

「不管事情原委為何，這都是犯罪。我要報警了。」

柳瀨卻制止了他。

「已經夠了，我不再追究貝斯的事了。」

「不再追究？你認真的嗎？那可是六十萬耶！」

飯尾驚訝不已，但柳瀨依舊堅持。

「如果這能讓妳消氣的話，我願意忘掉今天發生的事。真的非常抱歉。」

菅本淚流滿面地接受了柳瀨的道歉，這件事就這樣落幕了。

6

「……總覺得內心還是不舒坦哪。」

一個星期後，我來到Legend。就算成功完成人氣樂團的訪談，該做的連載專欄還是不能偷懶。今天我也鼓足幹勁，準備挖掘將成為明日之星的獨立樂團。

「五味淵老闆也這麼想嗎？」

五味淵聽了我的回話，口中吐出香菸的白煙。他身上的灰綠色軍裝夾克袖口依舊帶著黑色污漬，看起來邋遢不已。

距離今天表演開始還有些時間，我將先前打電話請他幫忙的事情原委說明完畢後，他的第一個反應就是「不舒坦」。

「看來柳瀨也有不想把事情鬧大的理由吧。」

「不愧是老闆，真是相當敏銳。後來為了重新拍攝器材，我和柳瀨又見了一次面。」

失去新貝斯的柳瀨，最後是拿出以前常用的貝斯進行攝影。

「因為我實在覺得內心有些疙瘩，就有些挖苦地對他說『你真是心胸寬大啊』，結果柳瀨就向我全盤托出了。」

「喔？他說了什麼？」

「從無視交通標誌也能多少察覺吧，他好像有不少違規駕駛紀錄，如果因為菅本這件事再吃上罰單的話，好像會吊扣駕照。要是演變成那樣他也很困擾，於是就當場和解了。」

「我就知道是那樣。」五味淵苦笑。

「還有一個理由。其實啊，團員並不喜歡他新買的貝斯聲音。他自己是很喜歡，畢竟也花了六十萬嘛。逞強地用新貝斯演奏了一陣子，這次在不可抗力因素下必須換回以前的貝斯，老實說讓他鬆了口氣。就像之前說過的，柳瀨在經濟面上比較寬裕。」

即使如此，六十萬也不是能輕易說不追究就不追究的金額。或許他之所以原諒菅本，也是基於對菅本發自真心的歉意吧，我心想著——或許我可能只是想要讓自己如此相信吧。

「五味淵老闆也有自己心愛的樂器嗎？」

我不做多想地問道。五味淵也有自己的搖滾樂團，他是團裡的吉他手。就算做出來的音樂超級遜，對樂器的感情也不會因此有所動搖的吧。

「當然有啊。」

五味淵像在回答小學生的算術問題般，果斷地回答。

「樂器這種東西就像伴侶一樣，某些景色如果不是和它一起演奏就看不見，或是正因為有它才看得見。木吉他被弄壞後想哭的心情，我不是不明白，但因此想以牙還牙、也弄壞別人的樂器，實在是太過分了。」

我環顧Legend的觀眾區和舞台，看見準備上場表演的樂手在調整樂器的模樣。我頗有感觸地心想，他們與身邊的樂器肯定也各自有著一段故事吧。

「話又說回來，溫泉蛋妳還真是多災多難啊。只是去幫忙採訪而已，卻受到了牽連。」

五味淵難得說出同情的話來，我輕輕一笑。

「不管中間發生了什麼事，總之是好結果喔。我和MC團員因此交情變好了，甚至說就算高部小姐休完產假回來，還是希望讓我當他們的責任編輯。」

「那就好。人際關係和樂器一樣，並不是簡簡單單就能找到替代品的。」

我很羨慕追尋到幸福的高部，在她的指名下，我承接了MC的工作，她不在的這段期間，公司就如此繼續運作下去。

自從進入憧憬的雜誌編輯部以來，我確實完成了一些事情。然而，現在的我還只是個可以隨時被取代的菜鳥社員。不管在工作還是日常生活方面，我能夠成為如同某人最心愛的樂器般、變成一個無可取代的人嗎？我思考著這個問題，卻對答案沒什麼信心。

說到無可取代，我眼前的男子對我來說正是這樣的存在。我重新轉向五味淵，對他開口：

「事情能順利解決，都是多虧了五味淵老闆。非常謝謝你。」

五味淵用食指搔了搔臉頰，可能是害羞的舉動吧。

「我可是很稱職的客服中心喔。不過啊，要是妳也能在我困難時出手相助，我會很感謝妳的。」

「當然！有什麼我幫得上忙的地方嗎？」

「嗯，不如說是只有妳能幫的忙。」

「真的嗎？我很樂意提供協助。」

我也能成為五味淵心中不可取代的人嗎？我內心澎湃地回完話後，五味淵的眼神變得銳利起來。

「……妳說的喔？」

五味淵走進後台，過了五分鐘又折回來，將兩手環抱的紙箱放在我腳前。

「這是……」

我瞥一眼箱子內部，裡面塞滿了驚人數量的未開封ＣＤ。ＣＤ封面印著「下北傳說」的標題。

一股強烈的不祥預感。

「這是去年我們樂團出的專輯，雖然是我的自信之作，但比我想得還賣不好哪。我想這種事還是要靠一個契機，希望能仰賴妳身為《ＲＱ》編輯的影響力，幫我宣傳一下。拜託，幫幫我吧！」

「不，這就有點……」

我死命推開眼神熱烈、朝我步步逼近的五味淵。在心中吶喊著：我不想當無可取代的人了！誰快來代替我吧！

track

4

鼓手的失控

1

「也就是說……」

眼前的廣告傳單只有明信片大小，是樂手自行印製、分發的表演廣告。我以原子筆的筆尖輕敲傳單背面的文字。

「只能推斷，他是因為這段話而離開的。」

剩下的兩名團員一齊點了頭。

我重新讀起文章。

有次演出結束的回家路上，我看見死掉的野貓躺在路邊。再往前走兩百多公尺有個河灘，我將野貓埋在了那裡。就在合掌為牠祈禱時，我腦中突然出現《再見的聲音》這個曲名。

為什麼他聽到這段話後徹底發怒，甚至放棄進行到一半的表演呢？

2

進入正題以前，我先說明一下事情經過。

那是在一個星期前、整個冬季中最寒冷的二月上旬發生的事。我向一組樂團提出了採訪邀約，上午時分在下北澤的咖啡廳等待團員。咖啡廳樓下是Live House，店裡深處的螢幕播放著獨立樂團的音樂錄影帶，螢幕前方是地板架高的空間，幾張矮桌並排於上。我選擇靠近入口的桌位，坐了下來。

星期日的下北澤街道比平常充滿活力。雖然這天理應是休假日，但我身為音樂雜誌《RQ》獨立樂團介紹專欄的責任編輯，必須配合採訪對象的時間，在週末進行採訪。不幸中的大幸是，反正我也沒有會在假日見面的戀人或好友，週末的採訪工作對我來說並不算太折磨，反而能藉此和年紀相仿的年輕人一起喝茶聊天，也是件開心的事。

不過既然是工作，還是不能失禮，我比約定時間提早十五分鐘抵達店家，等待採訪對象。就在我翻開常用的筆記本、確認訪綱時，對方準時現身了。

「謝謝你們今天騰出時間接受採訪。我是《RQ》的編輯音無多摩子，請多指教。」

我事先確認團員都與我年紀相同，便以不過度拘謹的態度向他們打招呼。

「能接受《RQ》採訪是我們的榮幸，我們非常期待。」

主唱兼吉他手古坂浩嗣慎重地低頭示意，其他團員也一起低下頭。

他們可能還是有點緊張吧？但古坂慘淡的表情讓我有些在意。

「你的臉色好像不太好。沒事嗎？」

我一問完，古坂便露出苦笑。

「我們昨晚剛辦完表演，可能是還有點疲累吧。」

「原來是這樣，辛苦你們了。真不好意思，選在這個時間進行採訪。」

「不用抱歉。只不過，鼓手林陽介今天不會過來了。」

這似乎才是古坂一臉愁雲慘霧的真正理由。他們一出現我就注意到團員少一個人，但本來以為只是遲到而已。

「他有個還是大學生的弟弟，叫做圭介。聽說昨晚圭介騎機車發生了意外……」

「咦？真的嗎？」

「最近晚上實在太冷了，聽說他是在結凍的路面上滑倒。因為現場只有他一個人，發現得比較晚，大量失血下雖然救回一條命，但好像還沒恢復意識。」

「所以他今天實在沒有辦法接受採訪。」古坂面色凝重地說：「我也是剛才陽介打電話來關心採訪時才得知目前的狀況。他說自己現在和圭介的女友一起在醫院，她是第一個發現圭介出事的人。他們的父母住在鄉下，趕過來好像需要一點時間。」

「在這種緊急時刻還讓他操心採訪的事，反而很不好意思呢。請幫我轉告他，我這邊沒有問題。」

「明白了。我們也很擔心……圭介常常帶女友來看表演。」

其他團員也紛紛露出消沉的表情，或許是對只能祈禱的現況感到相當沮喪吧。

我也染上了一層憂鬱，但畢竟團員都聚集在一起了，還是得好好完成工作。要是取消採訪，肯定會被熱愛諧音笑話的大久保主編開玩笑：「音無，妳就是太**自以為是**了，才會遇到**意外**就出**事**」。被揶揄也就算了，要是鼓手因為自己讓採訪泡湯而感到內疚，是我更不樂見的。

我請團員們都坐下來，幫所有人點完飲料後，按下錄音筆。

「讓我們開始吧。」

桌邊的三名團員一起開口說：「請多指教。」

首先從基本資料開始。他們的團名為「Made in Tide」，簡稱「ＭＩＴ」，是四人編制樂團。

主唱兼吉他手古坂浩嗣寫的樂曲在流行旋律中融入一絲哀愁，只要聽過一次便會不自覺地跟著哼唱，相當朗朗上口。我第一次觀賞Made in Tide的表演時，從扎實而平凡的演奏中感受到樂曲的優秀之處，具有大受歡迎的潛力。我當場決定要在連載專欄介紹他們，便主動向團員搭話。

古坂有著和曲風相近的纖細長相，身材也相當纖瘦。他本職是上班族，因此留著清爽的黑色短髮，也基於這個理由，樂團只能在週末接受採訪。其他團員似乎也分別從事不同領域的工作。

接著是貝斯手松木謙治。他身材高大，戴著黑框眼鏡。ＭＩＴ最初是由同高中的古坂和松木所成立的，之後經過幾次團員更迭才成為現在的組合。

負責彈琴的鍵盤手村越史華是團裡唯一的女性，她有著清澈的歌喉，因此也擔任合音。一頭及肩黑髮加上小巧臉蛋讓她看起來比實際年齡更小，據說很受男性歌迷歡迎。在同樣身為女性的我看來，有些羨慕她散發出的「讓人想好好守護」的氛圍。

最後是缺席的鼓手林陽介。由於我只看過表演舞台上的他、不曾交談過，雖然不知道本人個性如何，但林的體格健壯，給人感覺是支撐樂團的核心角色。

訪談進行得相當順利。團員的眼神除了訴說著想讓樂團加入主流廠牌的目標之外，對工作繁忙無法全心投入音樂活動的鬱悶、期待著某個變化來打破現狀的異想天開，也都悄悄流露出來。我成為音樂雜誌的編輯後，已經不再抱有遠大夢想，看著眼前的他們，除了不禁想露出微笑外，也不由得感到一絲悲傷。

一個半小時的訪談結束，我關掉錄音筆。就在我向他們道謝時，古坂掏出了長夾。

「啊，我來付錢就好……」

雖說這麼說，但當然是公司出錢。然而古坂拿出的不是鈔票，而是一張門票。

「這張門票請妳收下，下星期日我們有表演，如果方便的話請來看看吧。」

我收下門票。票券上印有好幾組樂團的名字，看來是Live House舉辦的活動。我下星期日沒有其他預定，很樂意去看他們的表演，但是……

「林有辦法上場嗎？只剩不到一個星期了……」

古坂露出複雜的神情。

「他說會出場。但如果弟弟那邊發生什麼問題，可能就很困難了……」

團員間散發出不安的情緒。在這裡焦急不是辦法、但也難以保持平靜的心情，我很能理解。

「無論如何，我都相當期待表演喔！」

我想付門票錢，但對方堅持不肯收下，說是讓他們登上專欄的謝禮。這場表演沒有門票抽成的壓力，我便心懷感激地收下了。

在那之後，日子一天天地過去，我也將訪談內容整理成了專欄文章，期間並未收到ＭＩＴ取消演出的聯絡。至少這表示林的弟弟一切安好吧？我也不知道該不該鬆一口氣，度過了如坐針氈的一個星期。

接著讓我們回到正題，也就是今天的表演。

3

ＭＩＴ邀我觀賞的表演辦在下北澤的「Legend」，正是我為了連載專欄尋找獨立樂團而經常造訪的Live House。

與ＭＩＴ相遇也是在Legend，因此算不上什麼巧合。他們似乎每隔兩個月左右就會在這裡表演。

我算是Legend的常客了，與老闆也打過幾次照面。說到老闆五味淵龍仁，這個邋邋遢的四十歲大叔雖然看起來對顧店一點幹勁也沒有，實際上卻擁有絕佳聽力，能辨識出富有才華的樂團。他鑑識樂團的實力連國內數一數二的音樂雜誌《RQ》主編大久保都掛保證，唯一美中不足的是，不知為何，五味淵自己領軍的樂團卻是遜到不行。

我邊與五味淵聊天邊觀看表演。MIT是壓軸出場，現場也沒有其他我想要採訪的樂團。

「MIT今天能順利出場，真是太好了。」

「他們怎麼了嗎？」

「鼓手家裡好像出了事……」

我轉述了採訪時所得知鼓手弟弟遭遇交通意外的事，這時台上的樂團已完成換場準備，輪到MIT上場表演了。

MIT的表定演出時間是四十分鐘。前二十分鐘都進行得很順利，林的演奏也相當穩定，沒有一絲差錯，直到中段的團員談話時間……

主唱古坂對著麥克風開口，台下響起拍手聲。

「這首歌是我很久以前寫的，雖然錄好樣帶，也和團員練習過了，但遲遲定不下曲名。林甚至還堅持『沒有曲名也沒關係，就直接在表演上演奏吧！』……」

我看見林轉著鼓棒，臉上浮出了笑容——這件事在之後成為相當重要的關鍵。

古坂稍作停頓，繼續往下說：

「有次演出結束的回家路上，我看見死掉的野貓躺在路邊。再往前走兩百多公尺有個河灘，我將野貓埋在了那裡。就在合掌為牠祈禱時，我腦中突然出現《再見的聲音》這個曲名……」

事情就發生在這個瞬間。

巨大的撞擊聲響徹整個觀眾區。

那是壓鼓框音色——也就是同時以鼓棒敲擊鼓框和小鼓的演奏方式，和普通打法相比能發出更強勁的聲音。林左右鼓棒用力一擊，敲出巨大的聲響。

團員、觀眾和工作人員的視線都轉向鼓手。林猛然從鼓座上站起來，粗暴地丟開鼓棒後離開了舞台。

事情發生得太過突然，所有人都來不及反應，ＭＩＴ的其他團員也僵在原地。林走回表演者專用的後台，幾秒後背著斜背包再次現身。他沒有回到舞台，而是徑直走往Legend門口。

「喂！陽介！」

回過神的古坂大喊，但林沒有停下腳步，推開大門，就這樣直接離開了。

原本安靜無聲的觀眾區也漸漸鼓譟起來。沒有人知道發生了什麼事，只隱約感覺得到林似乎生氣了。無論是用力敲擊小鼓、或是直接放棄表演離開Live House，都只能推斷出是他極度憤怒下的行動。

僅靠剩下的團員沒辦法繼續演奏，MIT只好中途結束表演。由於他們是壓軸樂團，觀眾就在困惑的情緒下離開了Legend。

工作人員開始整理舞台和觀眾區，古坂說著要去找林，也走出了Legend。我開口向留在場內的村越和松木兩名團員搭話：

「到底發生了什麼事？」

兩人的表情則誠實地表露出他們也沒有答案。

「我們也完全不知道啊。」

「剛才打了好幾通電話給陽介，他都沒接……」

村越緊皺眉頭。

「林看起來很生氣的樣子，以前發生過類似的事情嗎？」

「怎麼可能！他平常很敦厚老實，不是會突然爆發、造成大家困擾的那種傢伙。」

「但是他今天突然就丟下樂團跑了吧？」

「確實是這樣……」

松木無話可反駁。

「雖然還不清楚怎麼了，但這可能關係到樂團的存亡。是不是先釐清目前的狀況比較好呢？」

「對了，這樣一說，」村越像是想到什麼似地拍了掌心，「我們錄了表演的畫面，看過後說不定就能明白陽介生氣的理由了。」

我們走往設置在觀眾區後方的攝影機，將表演影像重新播放至談話時間的段落。

……林甚至還堅持「沒有曲名也沒關係，就直接在表演上演奏吧！」……

「等等，暫停一下。」

村越照著我的指示，按下攝影機的暫停鍵。

「你們看，林露出了笑容。」

我指著畫面，村越和松木的臉湊近螢幕。

其實不需要靠錄影確認，我當時就親眼看到林的笑臉。在突如其來的巨大壓鼓框聲響前，林確實是笑著的。

「也就是說，林在這時間點還沒生氣。」

其他兩人也贊同我的推論。

「之後就發生了讓林憤怒不已的事情，仔細看囉。」

有次演出結束的回家路上，我看見死掉的野貓躺在路邊。再往前走兩百多公尺有個河灘，我將野貓埋在了那裡。就在合掌為牠祈禱時，我腦中突然出現《再見的聲音》這個曲名……

鼓聲乍響，村越暫停了影片。

「……你們發現了什麼嗎？」

我和松木搖頭回應村越的發問。

林從露出笑容到用力敲出鼓聲只在短短一瞬間，那段短暫的時間裡，並未出現像是觀眾叫囂之類可能造成林發怒的插曲，反而是……

「如果真要說有什麼，就只有古坂說話的內容了吧。」

無論重看幾次影片，林從笑臉轉變為憤怒的這段時間，除了古坂在說話之外沒發生任何事。

「這是什麼意思？林對古坂說的話很生氣嗎？」

「看來是這樣呢……雖然不知道原因。」

松木皺起了眉頭。

雖然有些半信半疑，我還是決定先將古坂的說話內容抄下來。我拿了一張其他樂團發來的傳單，在觀眾區的高腳桌上開始寫下文字。

寫完後我們又重播一次影片，確認沒有抄錯內容。傳單背後的文字如下：

　　有次演出結束的回家路上，我看見死掉的野貓躺在路邊。再往前走兩百多公尺有個河灘，我將野貓埋在了那裡。就在合掌為牠祈禱時，我腦中突然出現《再見的聲音》這個曲名。

「也就是說……只能推斷他是因為這段話而離開的。」

我以原子筆的筆尖輕敲傳單背面的文字，松木和村越一齊點了頭。

「這段話哪裡有激怒林的要素在，我實在看不出呢……」

「我也是，實在搞不懂啊。」

松木這麼說。村越看起來同樣束手無策。

我露出了微笑。

「放心吧，我知道一個對解謎很在行的人。」

我丟下驚訝的兩名團員，朝著身處Live House內的某人走去。

「五味淵老闆，該是你出場的時候了。」

我拍拍五味淵的肩膀，他轉過頭來，挑起一邊眉毛。

「啥？」

「請你推理出林生氣的理由，解救MIT的危機吧。」

「我為什麼非得做這種事不可？麻煩死了。」

他明顯露出嫌惡的表情，但我不會就此罷休。

「今天可是預定好的表演突然中斷了呢。Live House身為主辦方也有責任吧？要是找出原因、做好準備的話，就有義務向今天到場的觀眾說明。」

「溫泉蛋，妳真是滿嘴冠冕堂皇的大道理啊。妳只是想避免樂團吵架解散，讓採訪內容泡湯而已吧？」

雖然這是我的目的沒錯，但那又如何？身為Legend老闆的五味淵依舊責無旁貸。

「總之請你跟我來吧。我們已經整理好謎團的前因後果了。」

「知道了啦，不要拉我！」

我拉著五味淵，吵吵鬧鬧地來到松木和村越等待的高腳桌邊。

接著，我們推理出了林對這段話發怒的理由。

4

我解釋完如何推論出是古坂的發言惹怒林之後，五味淵只是一直盯著傳單上的文字，一句話也不說，我便開始闡述自己的想法。

「從愛護動物的角度來看，或許是古坂埋葬貓咪屍體的舉動激怒了林？」

「可能覺得特地埋葬路上的死貓只是想要受人稱讚而已？」

「一般來說或許是這樣，但我指的是宗教方面。如果有人覺得這種行為觸犯了禁忌，也是很合理的。」

「不可能的。」

松木插嘴道：

「陽介說過，小時候老家養的貓過世時，他哭著將貓咪埋在自家的院子裡。對他來說，將貓的屍體埋在土裡確實有憑弔作用。」

「自己家的院子和河灘不能相提並論吧？現在都有寵物墓園了。他可能是對古坂隨意將貓咪埋在河灘感到生氣？」

「會有人將死掉的野貓帶去寵物墓園嗎？」

五味淵一句話就反駁了我牽強的推論。此時，我突然對自己說出的「寵物墓園」這個詞感到在意起來。

「話又說回來，那真的是野貓嗎？」

「古坂是那樣說的。」五味淵接話。

「還是說，那其實是林養的貓呢？他發現古坂擅自埋葬了他失蹤的貓，所以才生氣的。」

「浩嗣回家的方向和陽介家是反方向喔。而且我們沒聽說過陽介現在有養貓。」

雖然松木斬釘截鐵地否定了，但我緊抓著這個論點不放。

「那麼也可能是朋友的貓，林很疼愛牠之類的……要是林知道古坂回家的方向，也就明白路上會經過那個朋友的家吧。」

「古坂都說了是野貓，還埋葬了牠，肯定是看到什麼確信是野貓的證據吧。」

五味淵排除了家貓的可能性。

「比方說沒戴項圈嗎？」

我認為村越的發言太過草率，出言反駁：

「也有養在家裡的貓不戴項圈的吧？」

「除了貓當時肯定沒戴著項圈之外，或許還有其他古坂認為是野貓的理由？像是全身髒兮兮的，或是毛色不健康之類的。」

聽說野貓的壽命比家貓短得驚人，健康狀態不佳的野貓必定也不少吧。

「也可能古坂以前偶爾會在回家路上遇到那隻野貓，所以一看就知道了。」

「啊……如果是那樣的話，就能理解他想埋葬野貓的心情了。」

結果，我的「野貓其實是家貓」論點就這樣敗下陣來。

五味淵拿起傳單。

「古坂抱著貓的屍體，走到兩百公尺遠的河灘……」

「因為是回家的路上，才知道附近有河灘吧。」

我補充道，但五味淵下一句話卻出乎我意料之外。

「這段期間，他的器材怎麼辦？」

「器材……？」

「溫泉蛋，如果是妳的話會怎麼搬運貓的屍體？一般來說不可能單手拎著走吧？」

我試著想像這個狀況。就心境上來說，會想要恭敬地雙手捧著吧。

「而且古坂才剛結束表演，他又是吉他手，一定會帶著吉他和效果器盤的吧？」

說得沒錯，今天表演時，古坂腳邊也放著效果器盤。

「古坂沒說是自己樂團的表演啊。可能是看完表演回家的路上也說不定。」

「如果是別人的表演，就不會說『演出結束』了吧？肯定是自己樂團的表演準沒錯。」

松木和村越也點頭贊同。

「古坂一隻手還提著效果器盤，卻遇上需要搬運野貓的狀況。那麼，他把效果器盤放在哪裡了？走到兩百公尺遠的河灘掩埋野貓也要一段時間，他不會神經大條到將效果器盤隨便丟在路邊吧？」

「如果情況這麼緊急，可能只好單手拿著屍體……」

話還沒說完，松木接下來的發言徹底翻轉了我們的推論。

「浩嗣是開著車的。」

「咦？古坂有車嗎？」

我沒料到和我同為二十三歲的古坂有自己的車，但松木回答「沒錯」。

「他為了載送器材，將不多的存款都拿去買車了。是剛買一個月左右的全新掀背車，不是什麼高價的車款就是了。」

有自己的車真好……我在內心羨慕的同時，轉向五味淵說道：

「有車的話就不用擔心器材了，而且還可以開車載貓咪的屍體到河灘。」

五味淵卻不贊同。

「會有人讓貓的屍體上新買的車子嗎？」

「這種事因人而異吧？或許有些人會排斥沒錯，但不直接問古坂本人也得不到答案啊。」

我本來想反駁「我們光在這邊猜測也沒用」，但五味淵無視了我，開口詢問松木：

「他說演出結束的回家路上，表示已經很晚了吧？」

「我們表演結束後通常會開慶功宴，所以他回家時大概已經超過半夜一點了吧。」

「明明有人開車，還開慶功宴嗎？」

松木聽到我的質疑後一臉不悅。

「浩嗣不喝酒的，他本來就不擅長喝酒。」

看來是我多嘴了，我乖乖閉上嘴巴。

「他既然說路邊，代表野貓應該是死在不會擋到車子通行的地方。但他還是在半夜發現貓的屍體，可以推測他在狹窄的道路慢行，不是在大馬路上，而是開在小路上。」

五味淵這麼說。雖然無法肯定百分百正確，但相當具有說服力。

「然後古坂發現貓的屍體，下了車。由於是沒什麼行車的深夜，加上河灘就在兩百公尺遠，稍微停車在路邊也沒關係吧……他就算這麼想，也不奇怪。」

如果是自己的話會怎麼做呢？會將貓咪屍體放在新買的車上，載到兩百公尺遠的地方嗎？我可能會選擇將載著器材的車子停在路邊，捧著屍體走到河灘吧。也可能那個河灘本來就很難開車抵達。

五味淵的推論開始導向某個結論。

「他將車子停在路旁，抱著貓走往河灘。因為是突發狀況，手邊沒有鏟子之類的工具可以挖洞掩埋屍體，他可能只得用手腳或旁邊的石頭挖出洞吧。這樣一來，就會很花時間了。」

「加上走到河灘的時間，他可能離開車子二、三十分鐘左右……？這段時間，他的車子就一直停在原地。」

「沒錯。然後，那輛車又擋到了某個人。」

「等一等！」

我趕緊阻止他往下說，

「要是把車子停在路上二、三十分鐘左右，確實會擋到人沒錯。但毫無根據的話也不能這麼推論……」

「要證據當然有。」

五味淵露出充滿自信的笑容。

「有證據嗎？在哪裡？」

「古坂埋葬野貓後合掌祈禱，這時發生了什麼事？」

我看著傳單上的文字回答：

「他想到了曲子的名字。」

「他想到的曲名是？」

村越做為樂團成員的代表回答：「《再見的聲音》。」

「也就是說，古坂在那一刻聽見了什麼吧？會讓人聯想到『再見的聲音』的聲響。」

相當單純的推論，彷彿理所當然。

「你們知道他聽見了什麼聲音嗎？」

我詢問其他兩名團員，但得不到解答。村越說：

「我們也是今天第一次聽到那個故事。」

「可能不需要我提醒，重要的只有曲名，和歌詞或其他內容都無關。畢竟曲子早在他想到名字之前就寫好了。」

團員也認同五味淵的發言。

「古坂對埋葬的野貓合掌時聽到了某種聲音，並且認為是『再見的聲音』。他到底聽到了什麼？」

我摸著下巴，絞盡腦汁思考。

「一聽到就會想起告別的聲音……下午五點的鐘聲嗎？就是那首《遠山日落》。已經是從小養成的習慣，現在聽到還是會反射性地覺得該回家了。」

雖然我想應該全國都一樣，總之在我老家一帶，只要五點就一定會聽到《遠山日落》。這首歌原曲旋律來自德弗札克的交響曲第九號《來自新世界》第二樂章，由日本人填詞而成。

鐘聲是戶外會聽到的聲音，或許是一條好線索。然而，松木卻不這麼想。

「當時是深夜，照理來說不會有鐘聲。最近也沒聽說什麼半夜意外響起鐘聲的新聞。」

「這樣啊。嗯……還有什麼可能呢……」

五味淵將開始鑽牛角尖的我導回正軌，開口說道：

「如果一聽就會聯想到『再見的聲音』，那最開始只要說『聽到聲音腦中便浮現了曲名』就夠了，不需要特別提起深夜埋葬野貓的故事吧？」

他說得沒錯。不過，正因為是在埋葬貓咪後合掌的瞬間這種特殊狀況，會說出來也很合理吧？雖然要是在舞台上說起太多不必要的事，多少有些觀眾會感到掃興就是了。我個人的想法是，如果不用提起也能表達故事本意的話，那就盡量不要說比較好。

然而，古坂還是在表演途中的談話時間說起了這段故事。

「為什麼古坂要說這麼多呢？難道是因為不先提到埋葬野貓，就沒辦法說明想到『再見的聲音』的理由嗎？」

「嗯……所以重點就在於，如果沒有埋葬貓咪這個前提，聽到那個聲音就不會想到告別囉？」

「沒錯。」

五味淵滿足地點頭，

「剛好古坂當時在和死去的野貓告別，不只埋葬了屍體而已，還合掌憑弔。他正是在那個瞬間聽到聲音，才會認為是『再見的聲音』。」

「結果他到底聽到了什麼？」

「妳還不明白嗎？我們在告別往生者、雙手合十時會聽見什麼聲音？」

五味淵看著依舊歪頭不解的我，繼續說道：

「再給妳一個提示吧。妳仔細想一想，和古坂的車子擋到人有關。」

我終於想通了。

「出殯的……」

五味淵露出一抹微笑。

「古坂聽見的，是**長按喇叭的聲音**。」

5

古坂停在路邊的車阻礙了其他車子通行，於是被按了喇叭。

「……話雖這麼說，但是……」

結論不會下得太早了嗎？我提出質疑。

「再見的聲音就是喇叭聲，我不反對這個假設，但不一定代表喇叭聲是針對古坂的車啊！」

五味淵瞇起眼睛。

「不要忘記我們的出發點，重點在於林怎麼解釋古坂的發言，和事實如何是兩回事。」

「啊……原來如此。」

「若堅持喇叭和古坂的車子無關，我也無法提出反證。但如果認為沒有關係的話，推理就到這裡結束了。我們必須以林可能認定兩者相關的前提，繼續往下推論。」

從談話內容推斷出的一切訊息也得當作與古坂有關，否則就沒有意義了。這是五味淵的推理邏輯。雖然感覺有些牽強，但五味淵似乎已經找出了答案，我便順著他的理論繼續解謎。

「我明白了，就將喇叭當成是針對古坂的車子吧。」

不過，還是有個疑點。

「真是這樣的話，就不是該考慮什麼『再見的聲音』的時候了吧？古坂一定會手忙腳亂跑回自己的車子。如果是之後回想才決定曲名的話還可以理解，但在合掌時聽到喇叭聲、還有心思想曲名，未免也太悠哉了吧？」

「不一定吧？兩百公尺其實很遠呢。就算聽到喇叭聲，可能也不會馬上反應到是針對自己的車子。」

「是這樣嗎？當時是沒什麼車輛通行的深夜，他也清楚自己臨時停在路邊，一般都會想到是自己的車子吧？」

我一說完，五味淵突然改變意見。

「沒錯，我也這麼想。」

「咦？那果然這個推論還是錯……」

「別著急，我接著就要從這點繼續推理——古坂該不會是相當確信，他聽到的喇叭聲絕對不是針對自己車子呢？」

所以古坂就算聽到喇叭聲也不著急。聽到五味淵的推論，我驚訝地瞪大眼睛。

「我們現在的前提是：確實有人對古坂的車子按了喇叭。但古坂卻又堅信不是因為自己的車子，這不是互相矛盾嗎？」

「冷靜一點。換成是妳，如果被問到有什麼方法能確定自己臨停在路上的車子不會被按喇叭，妳會想到什麼？」

不開車的我陷入沉思。

「我會空出讓其他車子能通過的道路，安全地停在路肩吧。」

「古坂也是這麼認為的。但就算停在路肩，還是有人對他的車子按了喇叭，是什麼狀況才會發生這種事呢？」

「嗯……沒擋到汽車通行，卻被按了喇叭，會有這種狀況嗎？」

這時，松木突然開口：

「我知道了！他擋住了原本停在旁邊的車！」

「只能這麼想了。」五味淵交叉手臂，「古坂臨時停在路邊的車子，擋住了面對道路的車庫或停車場出入口。駕駛無法開車出門，認為臨停的車主說不定還在附近，為了提醒對方回來才長按喇叭。而聽在古坂耳中，就如同出殯時靈車長按喇叭的聲音。」

我試著想像當時的情境：古坂將車子停在路肩，剛好那裡有一棟獨棟民宅（畢竟和社區比起來，獨棟民宅的出口比較狹窄），車子不小心擋在車庫出入口正前方。如果在白天，古坂勢必會避開車庫吧？但當時已經超過半夜一點，車庫大門也緊閉著，他必定料想不到這種時間還會有車子出入。古坂肯定也沒看到附近有類似住戶的車主，因此判斷停在這裡沒有問題後才下了車。事情發生在深夜的馬路上，或許他甚至沒留意到自己停在車庫前也說不定。

如果是這種情況，古坂就算聽到喇叭聲，確實可能認為與自己無關。因此他沒有折回車旁，而是繼續合掌祈禱，並且想到了曲子的名字。

只憑著古坂的一段話，事情的真相逐漸浮現……不對，應該說事情可能的真相。我回到整個問題的出發點，向五味淵提出疑問：

「林會對古坂的發言憤怒不已，是因為古坂的車子擋住車庫，害得自己沒辦法開車出入嗎？然後因為在古坂話說到一半時察覺他正是隨便停車的始作俑者，才做出了那樣的舉動？」

「不是的。雖然古坂開的是新車，但既然主要用來運送器材，身為團員的林一定也看過車子的模樣。林在談話時間才發現那是古坂的車，這推論並不合理。」

松木也贊同五味淵的論述。

「剛才也說過，浩嗣回家的路上不會經過陽介家。最重要的是，陽介並沒有車。」

「也就是說，有個另外的某人當時沒辦法開車出入，而林之所以憤怒的理由，就是發現古坂是罪魁禍首。」

這是根據推論得出的結果，但是……

「如果是自己遇到的事還說得過去，但受害者是別人的話，會只聽到那段談話就馬上反應過來嗎？我們歷經了重重推論，好不容易推理到這一步……」

我難以相信這是林會如此生氣的原因。然而，五味淵只是平淡地回答我：

「那是因為我們和林掌握到的資訊截然不同。如果說，林知道古坂回家的路上會經過某個朋友家，也知道那個朋友當晚因為車庫前停了沒看過的車而無法開車出門，甚至知道按喇叭的事？」

原來如此。如果是這樣的話，說不定就能從那段話察覺出來。

「隨便停車害得朋友沒辦法出入……雖然能理解會因此憤恨不平，但他可是放棄表演、直接離開了Live House呢。明明不是自己受到影響啊。」

「妳思考的方向錯誤了。應該要這麼想：正因為沒辦法開車出門，造成了不可挽回的後果。」

「不可挽回的後果？」

「無法開車出門導致時間耽擱，趕不上某件事。或者該說因為時間被耽誤，引發非常嚴重的狀態。比方說……」

五味淵賣了個關子，繼續開口：

「太晚發現**有人發生了交通意外**。」

我瞬間忘了怎麼呼吸。在ＭＩＴ上場表演前，我才和五味淵提起林的弟弟圭介發生交通意外的事情。

松木沉下臉色，低語一句「這樣啊」。

「從《再見的聲音》原本預計在今晚表演上首次演奏的這件事也能知道，浩嗣是在上次表演後告訴我們他決定好曲名了。也就是說浩嗣那句『有次演出結束的回家路上』，指的是上次表演那天晚上……」

「和圭介發生交通意外是同一天晚上呢。」

我在上星期日和MIT進行訪談，是他們表演的隔天，當天林因為弟弟前一晚發生意外無法到場。古坂埋葬貓咪、決定曲名和圭介的交通意外，無疑是同天晚上發生的事。

「要不是古坂隨便停車，就能更早發現弟弟出意外了……林是這麼想的吧？」

「如果到目前為止的推論無誤，就能得出這個結論吧。」

「聽說最先發現圭介出意外的，是他的女友知繪美。」

村越補充道。我在訪談當天也聽過古坂提及，圭介的女友是第一個發現他出事的人。

五味淵重新整理了當天的狀況。

「當天晚上，知繪美本來要去見男友圭介，卻因為臨停的車子沒辦法開車出門，附近也看不到車主的蹤影。她長按喇叭想叫回車主，對方卻始終沒有要回來的跡象。她只好用走的或搭計程車前往圭介所在的地方，然後發現交通事故。」

圭介是在結凍的路面上滑倒。因為現場只有他一個人，發現得太晚，大量失血下失去了意識……圭介大量失血這件事，也是古坂告訴我的。

「她肯定說了這件事吧。要是沒有那台車的話，就能早點發現圭介，也不會演變得這麼嚴重了。林聽她這麼說，便對不知名的臨停車主產生了怒意。然後，他聽到今天表演上的談話內容，發現犯人就是古坂。」

林和知繪美在醫院待了很長一段時間，兩人的談話內容一定會聚焦在這場意外。如此一來，知繪美就不可能不提到車子的事。

「要是事實真是如此的話……就能明白他的心情，也能理解他會憤怒之下放棄表演、消失不見。當然這不是什麼值得讚揚的行為，但也無可奈何啊。」

五味淵以Live House老闆的立場下結論。現場瀰漫著對林充滿同情的氣氛。

「但是，為什麼知繪美要在那種時間去找圭介呢？」

在一片沉默之中，我開口說出浮現於腦中的疑問。

「這只是我的推測，我認為知繪美是藉由某件事察覺到圭介發生了緊急意外。」

「為什麼？」

「首先，知繪美是認得古坂的。但她不知道隨便停車的車主是誰，這代表她那天晚上沒看到古坂。」

古坂在訪談那天說過，圭介經常帶知繪美來看表演。ＭＩＴ是Legend的常客了，因此五味淵想必也明白這件事吧。

「所以我才會判斷，知繪美沒等到車主回來，選擇用其他方式前往圭介所在的地點。如果她等車主回來開走車子的話，肯定就能認出對方是古坂，也會告訴林這件事了。」

「知繪美明白團員彼此感情很好，有沒有可能是她刻意不揭穿古坂呢？」

「可能性很低。真是如此的話，她一開始就不會提到隨意停車的事了吧？」

五味淵說得很有道理，我便讓他繼續說下去。

「為什麼知繪美不等車主回來？就像剛才推論的，古坂離開的時間大約有二、三十分鐘。她最多只要等半小時，擋住的車子就會移動了，甚至她比較晚才發現車子的話，需要時間又更短。考慮到女性在深夜沒開車、獨自一人外出的風險，應該會選擇等待吧？就算是和男友有約，只要老實告訴對方『有臨停的車子擋住車道所以會晚到』就好了啊。」

「也就是說，五味淵老闆的推測是：知繪美在趕時間，才無法等到古坂回來？」

「沒錯。她會在那種時間急著出門，只能認為她是察覺到男友發生了什麼事情。」

五味淵解釋完複雜的來龍去脈，稍作停頓後繼續往下說：

「就如同我前提所說，這只是推測而已。有許多部分是靠想像添補，所以無法斷定是真的。可能知繪美其實看到了古坂，但因為天色太暗沒認出來。也或許她等不到古坂回來並不是趕時間，單純是個性比較急躁罷了。這個論點有許多漏洞，我只是挑可能性最高的說出來而已。」

就這樣，當晚所有相關人士的行動都有完整推論了。如果這一切都是真的，那可說是古坂輕率的舉動導致一場悲劇，但他必定也無法想像竟然會發生這麼嚴重的後果。他該用什麼態度面對林的憤怒呢？他真的犯下罪大惡極的錯事嗎？我不禁感到難受起來。

「ＭＩＴ會變得如何呢……」

其他兩名團員對我的自言自語起了反應。

「聽說圭介還是意識不明的狀態。要是他一直沒好轉，陽介無法原諒浩嗣也無可奈何……我對這件事也沒有多嘴的餘地。」

「我無法想像沒有浩嗣的ＭＩＴ，但陽介也是不可或缺的團員，要是他們決裂的話，就只能解散了吧。雖然我不希望這樣……」

就在現場氣氛陷入低迷時，五味淵雙手一拍，發出「啪」的一聲。

「現在憂鬱還太早了。我的推理到底正不正確，在和林本人確認前都還不知道呢。而且那傢伙丟下小鼓就跑了，應該不久就會回來了吧。」

我望向舞台，林敲出巨大響聲的爵士鼓組還架在原地。我突然想到，其實林遲早會回來Live House，到時再聽他解釋生氣的理由就好，根本沒有必要進行推理。但提議推理的人是我，所以這個想法就算撕破嘴也不會說出口的。

等待林回來的這段時間，我們的交談漸漸變少，大約十五分鐘後，古坂和林終於出現在Legend門口。

坐在凳子上的村越和松木立刻站起來。

「陽介！」

「……大家，對不起。」

林對團員深深低下頭，再轉向五味淵做出相同動作。

「造成老闆的困擾，真的很抱歉。」

五味淵吐著香菸的白煙說道：

「你冷靜下來了嗎？」

「是的……我因為弟弟騎車意外的事對古坂發怒了。」

我和五味淵相視。古坂站在林身後幾步的距離，露出尷尬的表情。

「剛才我接到了電話。」

林的聲音透露出一絲明快，我開口回問他：

「電話？」

「我媽打來的電話。我弟好像在醫院醒過來了，而且也沒有後遺症的疑慮。」

聽到林的報告，不只是我放下心中的一顆大石，村越和松木也開心地握住彼此的手，五味淵叼著香菸的嘴角也稍微浮起了笑容。

6

在那之後，林向我們說明了事情的經過。事實與五味淵的推理相差不遠。

「我知道浩嗣回家的路上會經過知繪美家，因此一聽到那段話，立刻明白那天擋住她家車庫的就是浩嗣的車子。我當下無法抑制衝動就衝出了Live House，但冷靜下來思考，一切明明是發生意外的圭介自己不對啊。」

林一臉愧疚，古坂則搖著頭說：「你別這麼說。」

至於知繪美為什麼會發現圭介出了意外呢？當天圭介騎車滑倒後立刻拚命想找誰求救，好不容易從手機的通話紀錄撥出電話給知繪美後，就用盡所有力氣，失去了意識。

接起電話的知繪美聽不到圭介的聲音，感到有些不對勁，便豎起耳朵，聽見話筒另一頭的背景傳來便利商店進出自動門的廣播聲。圭介發生意外的地點正是在自家附近便利商店的後方。

知繪美察覺到圭介的手機掉在便利商店附近，內心冒出不祥的預感，於是決定前去找他。沒想到古坂的車竟然擋在車庫前，她無法開車出門，只好步行前往。原本開車僅需十分鐘的距離，走路卻要花上四十分鐘，等她終於抵達時，發現了滿身是血的圭介。

將圭介送往醫院後，負責緊急手術的主治醫師說了：如果早三十分鐘發現的話，就不會這麼嚴重了。知繪美聽到這番話，便向圭介的哥哥發洩了對隨便停車車主的憤恨，於是造成了這次的騷動。

古坂一臉沉痛地開口：

「我還以為自己埋葬野貓是做了善事，卻到今天才發現車子擋住了別人家的車庫，都是我的錯。要是圭介真的出了什麼差錯，我再怎麼後悔也來不及了。」

古坂跑出Legend追上林的時候，剛好林在和媽媽通電話。林也在得知弟弟恢復意識後冷靜了下來，向古坂說明自己中斷表演的理由。古坂一聽到真相，馬上在大馬路上下跪道歉。

「別說了，我才對不起大家。」

如同林的發言，兩人看起來已經和解了。MIT今後也會繼續玩音樂吧。我寫好的專欄文章也不會泡湯了。雖然這和圭介好轉的好消息比起來不算什麼，但真是太好了。

「話說回來，五味淵老闆這次實在太厲害了！居然只靠那一段話，就推理出真相！」

聽到我的稱讚，五味淵靠上櫃檯吐著白煙，露出一抹害羞的笑容。

「再怎麼微小的聲音，都要用耳朵好好傾聽。這次發生的事確實就如同這句話呢。」

「沒錯，是具有五味淵老闆風格的精采推理。」

「畢竟我平常也寫歌詞，習慣在短短的句子裡放入許多意涵。反過來看，我可能也很擅長從簡潔的談話中解讀蘊藏在其中的意思吧？」

「嗯，你說得沒錯……」

我不知道該做何反應。「寶貝——我愛妳——嘿！」這種歌詞哪裡藏有值得解讀的意涵呢？

「喔？溫泉蛋也這麼想啊？沒錯，畢竟我寫的可不是那種漂亮空泛的歌詞啊。」

五味淵臉上浮現愉悅的笑容，緩緩地吐著白煙，一點也沒解讀出我藏在「你說得沒錯……」五個字裡的複雜情緒。

track

5

音樂永垂不朽

1

從前方照射而來的白色燈光刺得我頭暈目眩。

我就像剛被釣上岸的魚，心臟劇烈跳動著。觀眾回歸寂靜，投向舞台的眼神彷彿渴求著音樂，也似乎在試探著我們。

我身後的鼓手揮舞著左右鼓棒，敲下四聲節拍。我以右手食指彈奏貝斯弦，對著SHURE SM58麥克風吼出歌聲。

演奏逐漸加快速度。雖然我們的能力還無法撼動所有觀眾，但有些人配合著音樂節奏搖擺身體、時而舉起手回應我們的演奏。樂團和觀眾融為一體，情緒高漲，Live House瀰漫著蒸騰的熱氣。

啊！這就是活著的感覺！

一股恍惚般的實感從背脊竄升而上，這是我在開始認真玩樂團後首次體會到、僅有在現場表演能擁有的愉悅。

如果能一直身處在這樣的世界就好了。

要是能以音樂維生的話……

我的內心悄悄萌生出這個想法。

2

與他們相遇的那一刻，我認為自己中了大獎。

自從進入音樂雜誌《RQ》編輯部工作後，已過了將近一年，當初的憧憬對此刻的我來說已成往事。我從去年七月起接到大久保主編的指派，負責撰寫連載專欄、介紹具有潛力的無名獨立樂團，到三月的現在仍持續著這項工作，也逐漸掌握到要領。

為了尋找能刊登在專欄上的樂團，大久保向我推薦了位於下北澤的Live House「Legend」。Legend的老闆五味淵龍仁和大久保是舊識，雖然乍看之下是個不修邊幅的大叔，卻擁有絕佳聽力，能判斷樂團將來會不會大紅。渴求受到五味淵青睞的樂團聚集於此，因此我也養成了經常跑Legend的習慣。

我遇見他們是在九月，當時我還不是Legend的常客。

那天，Legend舉辦了雙樂團表演活動，壓軸樂團的演奏瞬間擄獲了我。

他們是四人編制樂團「Je suis musique」，團名在法文中意為「我是音樂」。他們的曲風與狂妄的名字相反，是纖細中充滿攻擊性的吉他搖滾，舞曲風格的節奏伴隨激烈轟響、旋律通俗卻又夾雜一絲弔詭。再加上團員明明相當年輕，演奏技術卻相當扎實，這一切都深深吸引了我。

我明白自己是為工作而來，原本在觀眾區後方冷靜地聆聽他們的演奏，但到了第三首歌曲結束時，我人已經衝到了第一排，高高舉起雙手。他們的表定演出時間是一個小時，我卻覺得這一個小時過得太快，內心充滿了「還想要聽更多」的焦躁情緒。

「……太棒了。」

表演結束，我感受著右手和小腿傳來的陣陣疲憊，恍神地喃喃自語。這時，旁邊的女孩子出聲向我搭話。

「妳是第一次看musique的表演嗎？」

以堅定眼神望向我的女孩有著明亮的金色短髮，黑色T恤搭配牛仔褲的樸素打扮與她十分相襯，單耳配戴的紫水晶耳環相當引人注目。

「是的，我今天剛好來看表演，才知道這個樂團。」

她聽到我的回答後露出笑容。

「musique很棒吧？擔任主唱的女生是我高中的好朋友，所以我每場表演都會來……」

下一秒，我雙手搭上她的肩膀。

「我是音樂雜誌的編輯！可以介紹我們認識嗎？」

她雖然一臉驚訝，但還是友善地幫我和musique的團員傳話，當天晚上我抱著充實的心情踏上歸途。回家前我告訴五味淵自己很喜歡musique的音樂，他也揚起嘴角掛保證說「他們鐵定會紅的」。

隔週我便立刻採訪了musique，文章順利刊登在下個月的《RQ》專欄。不過，受到我和五味淵肯定的樂團當然也不會逃過業界人士的慧眼，musique其實早已決定主流出道，專欄刊出兩個月後，他們於年底發行了出道專輯。也就是說，musique幾乎不能算是獨立樂團，我的訪談晚了一步。是我向主編熱烈訴說自己多麼喜愛他們的音樂，大久保才說著「下不為例」特別允許我刊載這次的專欄。musique的專輯銷量老實說並不算太好，但我一點也不擔心，深信世人絕對很快就會發現到他們的魅力。

然而，就在musique主流出道後的今年一月，發生了一起意外。

musique在出道前有一個四名團員共同經營的社群帳號，經常發表日常生活相關的有趣貼文，也很自然地與大家交流，不擺架子的態度在歌迷間廣受好評。

一月某日的深夜，musique的帳號卻突然發了一則貼文，抨擊不久前同台演出的樂團。

貼文迅速在網路上擴散開來，數十分鐘後由團員自行刪除。隔天團員說明是帳號遭到盜用，發出道歉聲明。但由於貼文發表的時間在半夜，網路上開始流傳會不會是musique團員酒後乘興發文的揣測，對團員的解釋仍抱持著懷疑。

事情並未就此結束。一個月後，musique的帳號又發了一則詆毀其他樂團的貼文。第二則貼文很快就刪除了，但musique的社群帳號已經引來網友猛烈攻擊。musique再次發出公告，說明在上次意外後雖然已經更換登入密碼，但還是遭到盜用。諷刺的是，樂團這邊無疑想主張錯不在己，卻等同告訴大家盜帳號是不可能發生的，導致網路上對團員的懷疑愈來愈重。

如此一來，經紀公司和唱片公司也不會默不作聲，聽說經紀公司將musique的團員叫去罵了一頓。公司也勸團員關閉帳號，但他們堅稱自己是無辜的，樂團一直以來也是倚賴社群帳號宣傳，在團員拚命說服下才勉強同意留下帳號。musique的帳號再度發表了公告，宣稱今後發文將更加注意，絕對不會再重道覆轍，歌迷也欣然接受他們的承諾，然而……

隔月，musique的帳號在發出第三則攻擊性貼文後，就此關閉。

擔心musique的我，決定與團員相約見面。

3

我端著咖啡杯的手懸在半空中，驚訝地開口。

「……妳說什麼？」

「也就是說，我在考慮是否解散樂團。」

開口的是浦賀渚，她是musique的主唱兼吉他手、同時也是團長。此刻她哀傷地注視著我的手邊，長長的黑髮彷彿隔絕了自己與周遭一切。

浦賀負責樂團所有的歌詞創作，以深入耳膜的獨特嗓音和演奏中的凜然姿態，體現出musique清新中帶有一絲歪斜的形象。她是團裡唯一的女性，歌迷間偶爾也會戲稱musique是浦賀渚的個人樂團，但musique的音樂是由所有團員共同作曲，作曲者的名義也是樂團。

位於下北澤南口商店街、仿照《愛麗絲夢遊仙境》裝潢的獨特咖啡廳內，我和

musique的四名團員圍坐在桌前。其他三名團員聽到浦賀的驚人發言沒有提出異議，看來團員也同意這項決定，或至少已經討論過這件事了。

「為什麼要解散呢？樂團不是才剛起步嗎？」

浦賀聽到我這麼說，揚起眉毛怒瞪團員。

「因為沒人承認是自己發了那些貼文啊。我真的很生氣。」

「要承認什麼？我說過不是我了啊。」

吉他手津崎修司瞪了回去。津崎的演奏極具技巧，只要一彈下樂曲的前奏，就能瞬間將觀眾帶入musique的世界。他有著高䠷的身材，舞台上有些駝背的彈奏姿勢在我看來相當帥氣，聽說也擁有不少女性歌迷。

「也不是我，所以沒有什麼好承認的。」

貝斯手佐久間基信接話。他靠在椅背上，黑框眼鏡下的眼眸深處透露出煩躁的情緒。佐久間的貝斯演奏不帶感情，彷彿機械般正確無比，是他的最大特色。

「我也一樣。有問題的是渚吧？妳不是最常在慶功宴和練習時說其他樂團的壞話嗎？」

鼓手鮫島亘反駁。聽說是浦賀欣賞他的技巧，從其他樂團挖角進來musique的。正因為他有著不輸其他年輕樂團的穩定連擊技巧，才能在背後支撐旋律組的浦賀和津崎，讓他們放手彈奏。

「我就說不是我了！就是因為不能寫在網路上，我才會在慶功宴和練習時發洩啊！」

四名團員爭執了好一段時間，好不容易氣氛終於趨緩下來後，浦賀看著我嘆了口氣。

「……哎，從那之後團裡的氣氛就是這樣，只要聚在一起就會開始爭論**是誰幹的**，大家感情愈來愈差。」

照這樣發展，看來只能考慮解散樂團了。雖然就我這局外人看來，每個人都只是在氣頭上罷了。

「大家冷靜一點，你們從來沒發表過詆毀別人的貼文吧？真的是帳號遭到盜用了，難道不是嗎？」

「是啊，過去從來沒發生過這種事，我也打從心底想要相信團員。但是……」

浦賀欲言又止，其他三人露出不知所措的樣子。她啜了一口冷掉的咖啡，再次開口：

「老實說，出道專輯賣不好對我打擊很大，也確實變得比以前更嫉妒其他受歡迎的熱門樂團。如果有團員將這樣的情緒用社群帳號發洩出來，我也不感到意外。」

任誰都有得不到成果而亂了手腳的經驗，這也是無可奈何的事。就是因為團員內心深處也想著自己同樣可能做出這種事吧，才無法徹底相信彼此。

「我明白你們會開始疑神疑鬼……但目前什麼都還沒解決，說要解散還太早了。」

我仍舊試圖說服musique的團員。浦賀雙手捧著咖啡杯，開口說道：

「我們從一年前開始準備主流出道，雖然經紀公司給了錢，金額卻無法應付生活，又忙到沒有多餘時間打工，在經濟上確實過得很煎熬。」

我偶爾會聽聞音樂人在轉移至主流廠牌後，反而比獨立樂團時期更受金錢所苦。舉例來說，獨立樂團發行的專輯唱片基本上是音樂人自行製作、販售，就算扣除製作成本和通路費用，也能獲取大約一半銷售額的利潤；而作品還不多的主流音樂人只能收取著作版稅，或是支付給演奏者和歌唱者的歌手版稅，前者的金額大約是唱片不含稅售價的百分之六，後者則是百分之一左右。著作版稅需分潤給音樂公司和共同製作人員，歌手版稅也是所有演奏者瓜分，因此如果唱片賣得不夠好，音樂人也得不到多少著作版稅收入。不只實體唱片，即使是行之有年的音樂下載販售，收益也與著作版稅的百分比相差無異。

當然，主流出道後能得到的宣傳資源龐大，銷售量必定比獨立時期更高。只不過，要是耗費宣傳資源卻無法提升銷量，反而以獨立樂團的方式活動更符合經濟效益。再加上也有如浦賀所說的例子，獨立時期還能兼差或從事其他正職工作，一旦加入主流廠牌就忙碌不已，連打工的時間都擠不出來。

「但我們還是熱愛音樂、主流出道也是一直以來的夢想，大家才會咬牙努力到現在。結果不但專輯賣不好，還雪上加霜地冒出社群帳號的問題……實在是受到太多打擊了。」

「如果這些發文都是盜帳號的人所為，你們也因此解散的話，不就屈服於犯人的惡意了嗎？」

「就算屈服也無所謂。這不就表示有人討厭我們繼續玩樂團嗎？這樣受到某個人厭惡的樂團，真的有繼續持續下去的意義嗎？」

浦賀嘆氣，其他三人也失落地低下頭。在宛如葬禮守靈的氣氛下，我只能拚命鼓勵他們。

「不能認輸啊！我很喜歡musique的音樂，要是你們就這樣解散的話，實在太悲哀了。」

「謝謝妳喜歡我們，但是……」

看著臉色慘澹的浦賀，我不小心做出自不量力的提議：

「我知道了。我幫你們想辦法！」

musique團員紛紛露出驚訝的表情。

「幫我們想辦法……指的是？」

「我再寫一篇musique的文章刊在專欄，幫你們打知名度。也會去和主編討論看看，能不能利用其他版面做你們的特輯。」

「真的可以嗎？我記得專欄主題是無名的獨立樂團，沒錯吧？」

「而且我們已經發完專輯，目前也沒什麼新消息，應該沒有辦法做特輯吧……」

佐久間接在浦賀後面發出疑慮，但我已經沒有台階可下了。

「或許可以啊！我想助你們一臂之力！」

四名團員看著彼此，似乎在判斷是否收下我強塞給他們的好意。

浦賀端起咖啡杯，發現杯子已經空了後又放回碟子上，看得出來她內心有些猶疑。

「謝謝妳的好意，只不過，登上《RQ》不代表就能打知名度……而且，社群帳號的問題也還沒解決。」

「那件事我也會一起解決的。」

已經無法回頭了。我拍著胸脯掛保證，鮫島皺起了眉頭。

「妳要怎麼解決？」

「我有辦法，我認識一個對解謎很拿手的人。」

他們依舊半信半疑，正確來說是懷著八分懷疑、兩分希望。

「總之，」我從椅子上站起來，向musique的團員宣布：「我絕對不會讓musique解散的。」

團員仰望著我的臉上露出呆然的表情，我無視他們的反應，逕自燃燒起身負重任的使命感。

4

「結果阿祥怎麼說？」

聽到五味淵的問題，我噘起下唇回答：

「他說不行，完全不把我當一回事。」

「我想也是。」

五味淵邊說邊吐出香菸的白煙。

這是星期五晚上發生在Legend觀眾區的一幕光景。我為了討論musique的社群帳號事件，前來拜訪五味淵。五味淵不只有著可以判斷音樂優劣的絕佳聽力，還有能洞悉事情真相的推理能力，至今為止幫了我不少大忙。

「我也贊同阿祥的決定。為了拉拔某個樂團就將《RQ》公器私用，這種事不能原諒。」

我剛和五味淵說完自己向musique的團員誇下海口幫他們寫專欄文章，他卻回了如此刺耳的話。順帶一提，「阿祥」指的是《RQ》的主編大久保祥一。

「我也明白……但我真的很想幫助musique，他們的音樂明明這麼好。」

「音樂做得好不代表能賣好，這點小事妳應該也明白吧？」

他說得沒錯。就連在《RQ》編輯部工作未滿一年的我，也親眼看過各種演奏技巧高超的音樂人離開音樂圈，或是很優秀的樂團解散。好幾次我都會想著「要是他們更受歡迎，或許際遇會不同？《RQ》能為他們做些什麼嗎？」，內心感到一陣悔恨。

「以前的我，只能悲哀地地看著優秀的音樂人退出音樂界，但我已經在出版社擔任一年的編輯，也大致習慣這份工作了。連載專欄也有幾篇文章引起廣大回響喔。」

不知道五味淵是否聽進了我說的話，眼睛盯著飄忽的白煙。

「我可是有《RQ》的頭銜和專欄作為武器，沒有不使用的道理吧？我不想再眼睜睜看著有才華的音樂人就此消失了。」

「妳是不是太看得起自己了啊？」

「咦？」

五味淵這句話讓我反應不過來。

「我在問妳是不是誤以為自己很了不起？妳好像覺得只要動一動手指，就能顛覆音樂業界似的。」

「我並沒有……」

五味淵瞥了我一眼，視線再度轉回白煙上。

「妳面對無名樂團的團員時都以平輩口吻講話，和人氣樂團卻規規矩矩地講著敬語，妳自己知道嗎？」

突來的指責讓我頓失鎮定，仔細一想，和Monoqlo City這些已經打響知名度的樂團說話時，我確實都使用敬語，但當對象是我邀請刊登在專欄的小樂團時，就經常是平輩說話的口氣。

但原因不是五味淵所說的這樣，我開口反駁：

「我並不是看樂團受不受歡迎而區分說話態度，是無意間這麼做的。說話態度本來就會隨狀況改變啊，像是年紀大小、彼此間的關係之類的。」

「是這樣嗎？反過來說，我沒看過有樂團成員對妳用平輩口吻說話呢。明明是面對和自己同世代的樂手，彼此卻明顯地劃分出上下輩分關係，妳難道從來不覺得不對勁嗎？難道原因是**潛意識**覺得自己輩分比較高嗎？因為妳看不起沒有人氣的樂團。」

我大為惱火，氣急敗壞地說：

「才沒有那種事！我認為他們是優秀的樂團，才會寫進專欄的。我非常尊敬他們，怎麼可能看不起呢？」

「但是啊，妳每次開頭第一句話就是表明《RQ》編輯的身分，不是嗎？」

我無話可反駁，回想起來，我確實不止一次在他人面前自負地表示自己是《RQ》的編輯。就算沒說出口，我也常常在心中告訴自己「因為我是《RQ》的編輯啊」。

「自從當上《RQ》的編輯後，妳就覺得自己的身分高於那些沒沒無名的樂團吧？甚至覺得他們能被選進自己的專欄很幸運，沒錯吧？」

為什麼要說得這麼不留情面呢？我憤怒地咬著牙，繼續接受五味淵的言語攻勢。

「妳覺得可以憑一己之力拯救音樂人，這就是太看得起自己，對認真做音樂的人也很失禮。妳根本無法拯救 musique。」

我終於理解他的話中之意。五味淵相當生氣，因為他和我一樣，不，比我看過太多優秀的音樂人銷聲匿跡，不希望我輕鬆地就將拯救他人這種事掛在嘴上。

但即使明白他話裡的心思，我還是被情緒沖昏了頭，忍不住開口反駁：

「……五味淵老闆，你覺得 musique 解散也沒關係嗎？你也認可他們是很優秀的樂團啊！」

「那也沒辦法，靠音樂吃飯本來就很困難。如果他們已經做出決定，早點解散對他們的人生才是最好的。」

「musique 會選擇解散都是因為那個盜用他們社群帳號的傢伙，要是他們真的解散了，就等同屈服於惡意啊。這是不對的。」

「妳敢肯定他們真的是被盜用帳號嗎？也可能是某個團員發的貼文吧？妳敢說絕對不是有團員厭倦了樂團表演、又不敢表明退團，只好出此下策讓樂團解散？」

「要是這樣的話，讓不想玩音樂的團員退出就好，musique 也能繼續下去了。」

「他們的音樂，作曲人名義可是所有樂團成員喔。沒有得到現任四名團員同意的話，就沒辦法行使著作權了。雖然根據著作權法，只有在持有正當理由的情況下才能拒絕行使權利，但既然是想要讓樂團解散的傢伙，也無法預測他會拿出什麼理由拒絕吧？」

我這才體會到五味淵是個多麼悲觀的人，正因如此，更不想讓他阻礙我的行動。

「或許無法完美解決，但可能真的能拯救musique也說不定啊！我想拯救musique這件事難道是錯誤的嗎？」

「借用《RQ》的力量提升樂團的知名度，再依賴我解決社群帳號的問題，然後要是一切順利的話，妳打算將所有功勞攬在自己身上嗎？」

他每句話都刻意說得刺耳，我的忍耐也終於到了極限。

「夠了！我不會再拜託你了！大笨蛋！」

我用力捶了五味淵包在破布般衣服裡的手臂，跑出了Legend。

5

一年前當我還是個大學生時，也玩著樂團。

我負責的位置是貝斯兼主唱。貝斯是剛進大學才學的，雖然還是個新手，但幸好團員並不嫌棄，和我一起努力經營樂團、舉辦表演，在熱音社也得到不錯的評價。在表演上完成滿意的演奏時、自創歌曲得到回饋時、觀眾炒熱氣氛時得到的滿足感，對我來說都是無與倫比的感受。

只要是玩過樂團的人，肯定都夢想過成為專業音樂人、靠玩樂團生活吧？我也不例外。懷抱著遠超過自身才能和努力的遠大夢想，羨慕著更受歡迎的樂團。在熱音社的活動上被其他樂團搶走壓軸演出的寶座時，或是社團的其他樂團在比賽上得獎時，我都忍不住心生嫉妒。

因此當我確定進入《RQ》雜誌出版社時，老實說內心鬆了一口氣。《RQ》是社團人手一本的雜誌，而這樣一間大家憧憬的出版社錄用了我。雖然無法當上職業音樂人，但我可是做到了同等厲害的事呢。畢竟一樣是以音樂維生的工作啊！

實際上，熱音社的朋友知道消息後也紛紛誇讚我。每當我看著朋友一邊尋找工作，同時又無法放棄成為職業音樂人夢想時，內心都忍不住冒出「我可是要在《RQ》工作的，和你們可不一樣」的想法。這樣的心態很醜陋，但我是靠著輕視他們來安慰無法當上音樂人的自己。多虧了《RQ》，我那顆因嫉妒經歷輝煌的音樂人而自顧自受傷的自尊心，總算得以修補回來。

直到大學畢業、真正在《RQ》開始工作以後，我以為這份自以為是就像含在口中的糖果漸漸融化殆盡，然而……

五味淵說得或許沒錯。我在評價無名樂團的音樂同時，可能也暗自輕視那些尚未成氣候的樂手。但是，正因為如此，我更無法掉頭回Legend向五味淵低頭。

從Legend逃回家的那天晚上，我一個人前往自家附近的居酒屋喝酒，回家後又灌了酒精濃度高的罐裝燒酒雞尾酒，不知不覺就醉得一塌糊塗、嚎啕大哭。

隔天早上，我按著發疼的頭起床走到鏡子前，發現自己眼皮腫得不成人形。幸好今天是星期六，我也沒有約會。用冷水洗完臉後，感覺腦袋終於輕鬆了一些。

就承認自己內心醜陋的部分吧。我確實一直以來對許多人擺出高高在上的態度，藉此沉浸在優越感中，保護自己的自尊心。我應該感到羞愧、並且好好反省才行。

但是，musique是不一樣的。我打從心底熱愛他們的音樂，對他們抱著尊敬之情。我可以大聲地說，自己是真心不希望他們解散，想要助他們一臂之力。

我不知道在大久保和五味淵不幫忙的情況下自己能做到些什麼，但我還是會盡力而為。

我看著鏡中的自己，伸手拍了拍雙頰，接著立刻拿起手機聯絡musique的團員。在五味淵的批評說教後，我想拯救musique的念頭反而更強烈了。

6

兩個星期後，musique舉辦了表演，地點正巧在對我來說有些尷尬的Legend。musique在主流出道前就是以Legend做為主要表演場地，出道後行程由經紀公司一手安排，似乎無法自由決定演出。而這次的表演是主辦方Legend向經紀公司提出邀約所促成的。

我在當天表演開始前來到Legend，五味淵在觀眾區角落抽著菸。他肯定看見我了，卻沒做出任何反應。

想到自己那天罵了他笨蛋後就逃回家，實在很難為情。但是，五味淵對我的指責是正確的，更不用說我至今為止受到他許多幫助，必須低頭道歉才行。

我下定決心走向五味淵，心臟怦怦作響。

「五味淵老……」

然而，五味淵卻別過頭不看我。

雖然立刻遇到挫折，但要修復關係必須趁早才行。我轉向他面對的方向，再次出聲：

「五味淵老闆。」

沒想到五味淵同樣再次轉過頭，就是不肯看我一眼。

我內心升起一股怒火。這是四十多歲的男人該有的行為嗎？我明明要和你道歉了啊，你卻連聽都不想聽嗎？

我鼓起臉頰，掉頭就走。我真是太蠢了，還認真想著要和這種傢伙和好！我再也不理他了！

舞台上順利地進行著樂團表演，很快就輪到musique出場了。他們的演奏依舊穩定，卻感受不到了氣勢。畢竟面對堆積如山的問題和解散危機，無法投入表演也在所難免吧。

表演結束後，我在團員的邀請下一同參加musique的慶功宴。

下北澤站附近大樓的地下室居酒屋內，四名團員、來自經紀公司的男性經紀人和一名面熟的女孩子圍坐在桌子。我在女孩身旁的位子坐下後，她主動向我打招呼。

「音無小姐，好久不見了。」

她的名字是石館亞美，是我第一次看musique的表演時和我搭話、幫我引介musique的人。她漂亮的金髮依舊閃耀不已。

我回了她「好久不見」後，就和大家一起等待飲料上桌。在浦賀渚的「乾杯」下所有人舉起杯子，氣氛不算歡快的慶功宴開始後，我重新面向石館開口：

「musique的表演還是很棒呢。」

「是啊！渚是我的英雄喔。」

「英雄？」

我並不是想挑「女生的話應該是女英雄吧？」這種性別上的語病，只是覺得她的說法很特別。

「之前也說過，我和渚是高中同學，從那時開始就是一起彈吉他、唱歌的音樂夥伴。我們會去看彼此的街頭演奏或Live House表演，有點互相競爭，同時也並肩作戰的心情。我喜歡渚做的音樂，渚也稱讚過我寫的樂曲。」

原來是這樣啊。我一直覺得石館看起來也像玩音樂的人，看來我的直覺是正確的。

「我現在幾乎不進行表演了。雖然也曾夢想過進入音樂業界，但放棄了。渚則是持續玩著音樂，終於主流出道，她現在就是我的夢想。因此我想在最靠近她的地方，看著她活躍的模樣。」

石館雖然是對著我說話，但座位實在太狹窄了，不知不覺中變成所有人都轉過來仔細聆聽。

「亞美……」浦賀小聲喚出石館的名字，眼中充滿淚光。

現在的氣氛正是時候，我轉向浦賀開口：

「還有人這麼期待看見你們活躍的姿態，樂團果然還是不能解散啊！為了讓樂團繼續下去，我們來一個個解決眼前的問題吧！」

「我不想要解散。音無小姐，請幫助我們吧，拜託妳了。」

其他團員帶著些許疑惑的表情，也配合她一起低下頭喊：「拜託妳了。」大家內心都是不想解散的啊。事情總算有所進展，我鬆了一口氣。

這種時候逞強也沒有用，我首先報告了大久保拒絕提供特輯和第二次專欄採訪的消息，也誠實表明五味淵不願意幫忙。團員明顯地意志消沉了起來。

「但正因為如此，我絕不會袖手旁觀，無論如何都要找出社群帳號意外的真相。你們可以多告訴我一些細節嗎？」

「我知道了。」浦賀點點頭。

第一起意外發生在一月中旬。musique的帳號在半夜一點半左右發表了一篇貼文，批評不久前同台演出的人氣樂團。

「第一個發現貼文的是我。」津崎舉手說道：「當時文章已經發出約二十分鐘左右。我看到的瞬間嚇得心臟都停了，雖然立刻刪除，但還是在網路上擴散開來，到處都是文章截圖。」

有人儲存了文章的畫面重新發表在社群網站上，因此即使原先的貼文刪除，也還是留下了紀錄。

「你刪文之後還做了什麼嗎？」

「我先聯絡了團員。浦賀和鮫島很快就回覆我，但佐久間遲遲沒回訊息……」

「那個時間我早就睡了，沒注意到你的訊息。」

佐久間說。考慮到事情發生的時間點，就算睡著了也不奇怪。

「我、浦賀和鮫島都表示文章不是自己發表的，所以推測可能是佐久間做的。直到隔天早上，佐久間才回覆說發文者不是他。」

「我一開始也相信大家的話，認為是帳號被盜用，因此更改了密碼。」

Musique使用的社群網站是以帳號和密碼進行登入，帳號是公開資訊，不是關係人士也能輕易取得。也就是說只要知道密碼，任誰都能自由登入musique的帳號。因此與其說盜用帳號，也可能是有團員將密碼洩露給了其他人。

「你們有人曾告訴其他人密碼嗎？或是有沒有頭緒可能不小心透露給誰呢？」

浦賀回答了我的問題：

「團員都不承認是自己的過失。但話說回來，當時的密碼也使用很久了，很難保證密碼防範得滴水不漏。因此趁這個機會換了新密碼，彼此也約好絕對不會再讓密碼洩漏出去，沒想到……」

第二篇文章在第一次發文的一個月後、也就是二月中旬出現，時段同樣在半夜。文章內容也與上次無異，是批判不久前同台演出的人氣樂團。

「這次是我發現後刪文的。」

鮫島說。他立刻聯絡團員，而這次只有津崎沒回覆。針對自己當時在做什麼，津崎回答說：

「在睡覺啊。我比較敏感，只要一點聲音就會醒過來，所以睡覺的時候會關掉手機的通知。」

如此一來，半夜沒有回應也是理所當然的。津崎說他到隔天早上才知道發生了什麼事。

隔天，經紀公司找來musique的團員，一起商討這次的事情。然而，當時依舊沒有團員承認貼文是自己發表的，也強烈否認是密碼洩漏所致。

「我們更改密碼才過了一個月而已，而且為了避免發生相同的事，大家都相當謹慎，絕不可能有其他人知道新密碼。」

浦賀加重語氣強調，但不可能有其他人知道密碼的話，反過來說就表示貼文只可能是團員發表的。她愈是堅持不是樂團的過失，反而愈加深團員之間的嫌隙。

經紀公司勸他們刪除帳號，一群人為此溝通了許久。而musique也堅持留下帳號，結果以再次更改密碼收場。

然而，就像在嘲笑他們的努力般，第三則貼文在三月上旬的深夜出現了。浦賀開口說道：

「當時是我發現貼文刪除的。我也聯絡了團員，這次只有津崎和佐久間回了訊息……」

「我當晚參加了聚會，喝得很醉。回家後馬上倒頭就睡，到早上才醒過來。」

鮫島有些自暴自棄地為自己辯駁。

貼文和前兩次一樣是攻擊過去同台演出的樂團，由於提到表演時的事情，看起來很像是團員自己發表的內容。即使樂團發出了帳號遭盜用的聲明，社群網站上還是盛傳這都是團員酒醉乘興發文的推測。

「我身為經紀人，已經盡可能站在團員這一邊。但是相同的事情連續發生三次，無法再包庇他們了。就算不刪除帳號，至少在問題解決前也非得暫時關閉帳號不可。」男性經紀人口氣沉重地說。團員也反抗不了這個決定。雖然也向警方通報處理，但目前沒發現任何帳號遭盜用的痕跡，結果還是無法抹清團員的嫌疑，情況始終沒有好轉。

聽完事情的來龍去脈後，我說出自己的想法：

「這樣聽起來，犯人不可能是團員以外的其他人呢。」

佐久間露出受傷的表情。

「音無小姐果然也懷疑我們啊。」

「不是的，」我慌張地繼續說明：「只是覺得不能以一般的方式思考而已。我一直都是以犯人是其他人做為前提的。」

「但是其他人沒辦法發文啊。」

津崎露出疑惑的表情。

總之我先將內心的想法說出口。

「我聽說過，帳號被盜用除了可能是密碼遭竊之外，原因也可能出在應用程式或其他網站上的帳號綁定功能。」

「我們也調查過了，沒有一點奇怪的痕跡。」

浦賀信誓旦旦地說，果然他們也討論過這種可能性。

「可以查得到帳號的貼文是從哪台裝置發表的嗎？」

「好像沒留下這麼詳細的紀錄。」

「但我記得應該能查到登入紀錄吧？有奇怪的地方嗎？」

登入紀錄是帳號從什麼裝置登入的詳細資料。以musique的帳號來說，肯定會留下從團員的手機、電腦或平板電腦登入帳號的所有時間紀錄。要是登入紀錄中出現團員都沒印象的資料，就可以推論出是盜用帳號的裝置。

然而，佐久間的回答並不樂觀。

「這方面我們也調查了，完全沒有可疑的登入紀錄。」

如果沒有團員以外的登入紀錄，就只能推測是從團員使用的裝置登入的了……我差點脫口而出，趕緊摀住嘴巴。

眾人陷入沉默，現場一片凝重。經紀人像是想逃離這股氣氛般伸手拿起筷子，我們也跟著安靜地吃起眼前的料理。生魚片相當新鮮、燉煮料理的調味也很美味，但味覺和心情卻無法搭上線，這頓飯吃得像是在嚼砂般食不知味。

我一邊動著嘴巴，腦中不斷地思考。現在斷定文章是團員發的還太早了，也可能團員漏看了哪筆登入紀錄也說不定。我再度以帳號被盜用的前提展開推論：

「不好意思，我再問一次，密碼真的沒洩漏出去嗎？」

津崎一臉煩躁地回答：

「如果一次的話還有可能，但已經發生了三次，其中還有剛換過的密碼，所以我不認為是密碼洩漏出去的問題。畢竟我們也沒將密碼寫在紙上啊。」

那麼，還有什麼其他方法呢？我絞盡腦汁，終於想出了其他可能性。

「有沒有可能是住在一起的家人擅自碰了你們的裝置？」

使用團員的登入裝置，就不會在登入紀錄上留下可疑的痕跡了。而且如果是在登入狀態的裝置上使用，也就不需要知道密碼。

我自覺這是精明的切入點，但浦賀露出陰沉的表情。

「或許吧……我、佐久間和津崎都是一個人住。」

我反射性地看向鮫島，他擺了擺手。

「慢著，我現在確實和女友同居。但第一次和第二次的發文時間我是醒著的，手機和電腦都在手邊。不可能是女友或其他人使用我的裝置。」

「那第三次的時候呢？你當時睡著了吧？」

「那天晚上女友剛好回老家，家裡只有我一個人。所以我才想著機會難得，在外頭盡情地喝了幾杯。」

鮫島的發言存在幾分可信度還有待商榷，不過一旦開始懷疑團員的證詞就會沒完沒了。我現在決定要相信團員是清白的，就必須假設他們說的都是實話。

「話說回來，貼文都是在半夜發表，會不會是排定發文的功能……」

排定發文指的是讓文章在預先設定好的時間自動公開。假設使用排定發文的功能，就算發文當下沒有人動到登入帳號的裝置，也無法構成不在場證明。

這個推論再連結到「犯人瞞著團員使用裝置即時發文，因此發文當下能就近取得裝置的人嫌疑最大」的假設，也就是說，排定貼文對犯人而言能降低被起疑的風險。

然而，津崎冷靜地駁回我的推論：

「那個社群網站沒有排定發文的功能，也不能用外掛程式預約發文。」

看來團員早就討論過這個可能性。津崎篤定地說他們在網路上仔細查過，不存在可以預約發表貼文的方法。

這樣一來，只能推斷貼文還是在半夜發表的。當時團員的裝置都在自己手邊，只有團員本人可以使用，貼文是如何張貼出來的依舊是個謎團。

「嗯……那像是備份複製手機之類的呢……？」

其實我也不太了解備份複製手機的運作，以致說出來自己也感到逞強。

「備份複製手機只能同步手機裡的資料吧？我想應該沒辦法連帳號的登入狀態都同步，至少密碼更改後絕對不可能登入。」

這個推論經佐久間否定後也不成立了。關於犯人如何盜用帳號的討論，完全陷入膠著狀態。

不過還有別條路可以走。手法只要找出犯人後再問就好，最重要的是：到底是誰做的。

「你們最近是否感覺到來自其他人的敵意呢？」

「敵意……嗎？」

「或是反過來說，猛烈的愛意之類的……總之就是來自別人的強烈情感。」

團員陷入一陣思索後，佐久間小聲地說：

「津崎的跟蹤狂……」

「跟蹤狂？」

我下意識地反問，看見津崎的表情蒙上一層陰霾。

「還不確定是不是跟蹤狂……大概在一月底的時候，我半夜睡到一半，玄關突然傳來『叩、叩』的敲門聲。」

「聲音大到吵醒了你嗎？」

「不，是輕輕敲門的聲音，但我很容易被細微的聲音驚醒。」

剛才津崎也說過自己比較敏感，只要一點聲音就會醒過來，因此睡覺時都會關掉手機通知。我忍不住想，如果是自己的話，肯定不會發現什麼微弱的敲門聲，一覺到天亮。

「雖然有點可怕，但不是很讓人在意嗎？所以我就走到玄關打開門，結果外頭沒半個人。當時我以為只是自己聽錯了。」

沒想到過了一個星期，又發生相同的事：半夜的敲門聲與無人的玄關外頭。

「真是毛骨悚然啊。」

我忍不住顫抖起來，就女性而言，這種事讓人本能地感受到自身安全受到威脅。

「津崎擁有很多女粉絲。當時團員間也討論過，該不會是有粉絲查到他家地址而跑過去，半夜吵醒津崎從遠方偷看他之類的。」

佐久間說道。也因為如此，他們便稱惡作劇的人為跟蹤狂。

「之後呢？」

津崎一臉摸不著頭緒地回答：

「第三次敲門惡作劇之後，突然間就不再出現了。結果到現在還是不知道是誰幹的。」

雖然確實有讓人在意的事情，但現在是要找出發表攻擊性貼文的犯人，不知道跟蹤狂的真實身分就算不上是有用的情報。況且目前也很難斷定發文和敲門有所關聯。

「還有其他可能對你們懷有恨意的人嗎？」

我重新問了一次，但沒得到肯定的回答。浦賀消沉地說：

「要說嫉妒之類的，畢竟是這樣的世界，就算有人看不慣我們主流出道也不奇怪……但如果要指出特定人士的話，我實在想不到。」

我忍不住發出低吟。結果不但找不出可疑的人，唯一可能發文的只有團員自己，老實說我真的舉雙手投降了。

五味淵的臉浮現在我腦海中。如果是他的話，一定能從目前的資訊中推理出真相吧？然而，我也立刻想起了他轉頭不看我的反應，內心升起一股怒氣。誰要拜託那種傢伙啊！

慶功宴依舊籠罩著守靈般的氣氛，團員、經紀人和石館都小口小口地喝著酒。我逞強地發出豪語：

「我一定會找出真相的。樂團到底要不要解散，等那之後再來決定吧。」

7

我雖然擺出一副自信十足的樣子，卻不像五味淵擁有推理出真相的能力。到底該怎麼辦才好呢？

「哎……」

我坐在《RQ》編輯部辦公桌前嘆了口氣，也不管會不會被其他人瞧見。這時，大久保出現在我身邊。

「音無，妳怎麼了啊？」

「主編，其實啊……」

我向大久保轉述了難以解決musique問題的來龍去脈。雖然在詢問能否安排特輯時也大致說明過一次，但大久保聽到事情沒有任何進展時，露出了嚴肅的表情。

「我可不會因為同情就允許做特輯的喔。」

「我已經放棄特輯了，只是無論如何都想拯救musique……」

「不是有個適合的人選嗎？妳每次有困難時都會拜託阿龍吧？」

我還沒告訴大久保自己和五味淵鬧翻的事。五味淵和大久保是朋友，我又以《RQ》編輯的身分受到五味淵不少照顧，在這樣的立場下，實在沒有勇氣向大久保坦承。

然而，也不能一直隱瞞下去。我下定決心開口：

「我和五味淵老闆不久前吵了一架……」

我順勢將五味淵當時對自己說的話，以及之後想道歉卻遭拒絕的事都坦白說了出來。慶幸的是，大久保並未生氣。

「看阿龍外表那副德性，卻還是像個孩子啊。」

「真的很抱歉，明明是主編特地介紹的……」

「不用在意啦。倒是阿龍這麼說妳，妳有任何想法嗎？」

大久保指的是五味淵指責我誤認為自己很了不起、看不起無名樂團這件事。

「……我認為他說的不全是錯的。我確實會看對象改變說話方式，內心也認為自己在《RQ》編輯部工作是一項成就。如果被問到我是不是因此對訪問對象擺出高高在上的態度，我也難以否定。」

所以我才去向五味淵道歉，雖然他完全不理睬我。

大久保沉默了一會，丟下一句「等我一下」後離開了我的座位。五分鐘後，他手中拿著一疊紙折了回來。

「妳看一看這些。」

我接下了那疊紙，看起來是郵件內容的影印文件。

「這是……？」

「妳是不是認為，我把連載專欄丟給妳這新人後就不管事啦？」

我誠實地點了點頭。但這話明明是大久保自己說的，他卻露出一臉灰心的表情。

「妳就不能多信任我一點嗎……算了，那不重要。我本來是不想告訴妳這件事的，其實每次妳寫的專欄刊出後，我都會向採訪對象詢問妳的工作態度。這些是他們的回覆，都印在紙上。」

身為主編的大久保竟如此用心地為我這個菜鳥做後援，我完全不知道。

我開始讀起紙上的內容。第一張是來自已解散的驟雨團員的郵件，其他還有Monoqlo City、Made In Tide和musique等，都是我至今採訪過的樂團。

他們的郵件內容如下：

文章引導出樂團最大的優點，我們非常感激。

音無小姐不只是採訪而已，她將樂團的問題當成自己的事，幫我們想辦法解決。

音無小姐很健談，我們也感到很輕鬆。

第一次接受音樂雜誌採訪是和音無小姐合作真是太好了。

我們很希望能再次與音無小姐合作。

淚水奪眶而出，無法停止。大久保看著我淚流滿面的模樣，笑了出來。

「這實在……太狡猾了。」

我吸著鼻子抗議。大久保拍了拍我的肩膀。

「妳拚命努力的樣子，大家都看在眼裡喔。沒有一封回信提到妳的態度讓他們感到不快。音無，妳現在還覺得阿龍說的才是正確的嗎？」

我說不出話來。大久保看準了我的反應，繼續開口：

「阿龍確實很敏銳，懂得觀察別人。但不代表他說的話都是正確的。妳有自己做事的方式，我覺得妳做自己就很好了。」

「主編……謝謝您。」

「明白的話，就快點讓無聊的吵架鬧劇落幕吧。」

我擦擦眼角，總算抬起了頭。

「我試著向五味淵老闆道歉了，但他不肯聽我說話。」

「嗯……既然如此，就得想一個可以讓你們和好的方法才行。」

「主編有什麼好方法嗎？」

「有喔，很簡單的。只要……」

大久保傳授給我的方法確實是個好主意，但我在聽到的瞬間還是忍不住大叫出聲：

「我絕對不要！」

8

隔天晚上，我刻意挑了表演結束的時間前往Legend。打開感覺比往常更沉重的大門，五味淵倚靠在吧檯邊抽著菸。

「五味淵老闆。」

我出聲搭話，五味淵沒有別開臉。正當我以為他今天終於願意聽我說話時，他對著我的方向吐出濃厚的白煙。

這個人真是太過分了！我內心這麼想，但忍耐了下來。我像溼淋淋的小狗般搖頭揮開白煙，開口說道：

「我聽了Legends的唱片，就是那張『下北傳說』。」

原本眼神空洞的五味淵突然面露驚訝，我趕緊使出下一招。

「我覺得非常棒，感謝你的推薦。」

這就是大久保傳授給我的祕訣。重點就是：稱讚五味淵做的音樂。

當初在Live House聽到五味淵的樂團表演時，他們的音樂實在遜到將我當場擊倒。五味淵甚至在去年十二月硬是塞給了我一張收錄十首歌、全長四十分鐘的專輯唱片。那張我連碰都不敢碰、始終未拆封的唱片，昨晚我下定決心從頭到尾聽完了。

宛如地獄般的四十分鐘。音樂遜到突破界限，中途好幾次都讓我想按下停止鍵，拿出唱片碎成兩半。我的臉頰如同處在熱帶般燥熱，身體卻像位於寒帶般冰冷顫抖，眼眶溢出的淚水不是因為感動，而是太煎熬了。但是，我真的聽了。雖然「很棒」和「感謝」都是違心之論，至少「我聽了Legends的唱片」這句話不是謊言。而且眼前只要敷衍地稱讚一下就好，不會露出馬腳的。

五味淵垂下眼，臉頰好像稍微變紅了。他用細微到幾乎要消失的聲音，低聲問道：

「……妳覺得棒在哪裡？」

「首先是歌詞很直率。現在的歌詞都過於花稍、太想引人注目了，五味淵老闆直白的歌詞引起了我的共鳴。」

多虧音樂雜誌編輯的工作，增進了自己對不太喜歡的音樂也能夠稱讚的技能。五味淵對我的發言沒露出一絲懷疑。

「還有嗎？」

「演奏方面也相當細緻，聽得出來演奏者技巧高超。從吉他的聲音中更是能感受到樂手的堅持。」

「然後呢？」

「再來最重要的，就是五味淵老闆的歌聲了，在兼具魅力和魄力的聲音之中帶著一點傷感。明明你們的音樂有這麼多優點，為什麼不受世人青睞呢？我真是想不透。」

五味淵終於抬起了頭，露出燦爛的笑容。

「溫泉蛋，妳真是太懂了！」

他突然抱住了我。我忍下內心「這是性騷擾！」的怒吼。

平常不太流露出感情的五味淵竟然這麼地開心，大久保的方法實在太有效了。總算是和五味淵成功和好了……但我卻感到一股複雜的心情，彷彿自己將重要的靈魂出賣給了搖滾樂的惡魔。

「太好了，我就知道妳懂我的音樂。看來是連載專欄的工作讓妳更懂得分辨音樂的優劣哪。我的音樂好在哪裡，妳能再多和我說一些嗎？」

之後整整三十分鐘，我陷入言不由衷地稱讚五味淵的困境之中。要是在哪裡說錯一句話，我為了討好五味淵所做的辛苦就白費了。直到五味淵露出彷彿飽餐一頓般的滿足表情後，我才終於切入正題。

「其實啊，我有件事想拜託身兼天才歌手和最強樂團領導者的五味淵老闆……」

「喔？有什麼事這麼需要我嗎？真是沒辦法，我就特別幫妳一次……妳說說看吧。」

我將前天在慶功宴上聽來的musique社群帳號事件詳細說了一次。五味淵也不再對我想幫助musique的心情做出批評或指責。

「……事情就是這樣，五味淵老闆發現了什麼嗎？」

我說到一個段落後，如此反問五味淵。他露出微妙的表情思考了一會，開口說道：

「妳能叫musique的所有團員過來嗎？我有件事想確認。」

要他們這麼晚來到這裡可能太過勉強了，我邊這樣想著邊聯絡團員，結果剛好所有人都回覆可以到場。一個小時後，musique的四名團員出現在Legend。

我擔心五味淵該不會突然宣布犯人就在團員之中，幸好事情並沒有如此發展。五味淵只是向團員提出了要求。

「可以讓我看一下你們手邊的某個東西嗎？」

團員全露出困惑的表情，浦賀代表大家開口：

「但是你沒告訴我們要帶東西出來……」

「沒關係，是你們一定會帶在身上的東西。」

五味淵接著說出「某個東西」是什麼，也確實是他們肯定會帶在身上的物品，也立刻遵照指示拿了出來。

五味淵比對了團員各自拿出的「某個東西」後，低聲說：

「我想得果然沒錯。」

「五味淵老闆，你發現了什麼嗎？」

五味淵點點頭，他接下來的發言出乎所有人預料之外。

「這件事……說不定都是**我害的**。」

9

大家聚在Legend的那晚隔天，musique的社群帳號復活了。他們發出一篇貼文，向造成大家困擾致歉，並發誓今後會謹慎地管理帳號。

之後的一個星期相安無事，直到再一個星期後的某天深夜，佐久間基信傳來了訊息：

音無小姐，請馬上來我家一趟。地址是……

終於等到了這一刻。我收到訊息後通知五味淵，他立刻回覆「我立刻過去」。

我和五味淵在佐久間住的公寓前會合，找到訊息上寫的房間後連門鈴都沒按直接開門走了進去。musique的團員全聚集在屋內，四個人圍著跪坐在地上的一個人影。

我靠近他們，開口說道：

「犯人果然就是妳呢。」

「……什麼意思？」

劉海遮住了石館亞美的眼睛，她聲音顫抖地否認自己的罪行。

——五味淵將musique聚集在Legend的那天，他要求團員出示的「某個東西」就是團員自家的鑰匙。

「如果是鑰匙的話，就算不事先提醒，大家確實都會帶在身上沒錯。」

團員並未理睬恍然大悟的我，分別從皮包和口袋中掏出鑰匙讓五味淵看。三名男性團員的是普通的鎖筒鑰匙，浦賀的則是難以複製的管狀鑰匙。

可是，為什麼要看大家的鑰匙呢？我還在訝異時，卻聽到五味淵低聲說完「我想得果然沒錯」又語出驚人地自白可能是自己的錯，更是驚訝得說不知道如何反應。

「什麼意思？為什麼是五味淵老闆害的？鑰匙和社群帳號的發文到底有什麼關係……」

五味淵將鑰匙還給團員，開口說道：

「既然密碼不可能洩漏出去、也沒有可疑的登入紀錄，只能合理推測貼文是從團員手邊已經登入帳號的裝置發表的了。」

「你果然在懷疑我們嗎？」

五味淵伸手制止了試圖爭辯的佐久間，繼續往下說：

「我不是懷疑你們，另外也沒懷疑鮫島的同居女友。我認為是別人偷偷使用了你們的裝置。」

這句話讓團員暫時冷靜了下來，但我無法接受五味淵的說詞。

「怎麼辦到的？文章發表的時候團員都在家裡，沒有其他人動他們的手機或電腦啊。」

「不一定吧？不是有些人睡著了嗎？」

空氣一瞬間凝結，所有人都沉默不語。我無法置信地開口：

「該不會……犯人是趁團員睡著時，使用他們的裝置發文的吧？」

「妳說得沒錯，而且犯人還**潛入了睡著團員的家中**。」

四名團員的臉上浮現出絕望的表情。

「請等一下。確實文章發表的時間都剛好有一名團員在睡覺，但都是不同人啊。犯人連續潛入某個團員家的假設並不成立。」

佐久間雖然鐵青著臉反駁，但他似乎也預料到五味淵的回答。

「那就代表犯人是輪流潛入各團員的家了吧？所以每篇貼文都是從不同裝置發出去的，我猜八成是手機吧？」

也就是說，犯人至少潛入三個人的家：發表第一篇貼文時是佐久間、第二次是津崎、第三次則是鮫島。

「太胡扯了……我們在睡覺時，房門可是好好地鎖上的啊。」

鮫島提出反駁，但五味淵沒事般地回答：

「那就是犯人手上有備份鑰匙了。」

「所有團員家的備份鑰匙嗎？怎麼辦到的？」

「不是有個機會能取得所有人的鑰匙嗎？」

所有人面露驚訝，五味淵又補上一句：

「所以我才說了，說不定是我害的。」

我終於想通了。

「是指表演的時候吧？通常大家在演出時都顧不到自己的貴重物品。」

我也有過在Live House上台表演的經驗，相當清楚保管貴重物品對表演者來說意想不到地麻煩。我自己會將貴重物品帶到舞台上或託付給值得信賴的朋友，但主要是錢包和手機而已，鑰匙就不太在意了。

一般來說，Live House的後台是誰都可以進出的，有心人士確實可以從表演者丟在後台的行李中取出鑰匙。

五味淵用力地點頭。

「犯人趁musique上台表演時前往後台，用複製黏土之類的工具取得所有團員家的備份鑰匙，這並不困難。如果真是這樣的話，由於musique主要在Legend舉辦表演，犯人是在這裡犯案的可能性相當高。」

Legend的後台確實是所有演出樂團共用的空間，就算有非相關人士出入也不奇怪。再加上台上有樂團演出時，後台幾乎不會有人，犯人有充足時間可以製作備份鑰匙。

「真是這樣的話，雖然最大的過錯當然是犯人，但我沒有妥善處理Legend表演者的貴重物品管理問題，也有責任。」

不少Live House都提倡保管貴重物品是自身的責任，因此怪到五味淵身上就太過分了。這並不只是Legend的問題，可能是Live House業界都該考量的事情。

「雖然明白了備份鑰匙的推論了，但剛才要我們出示鑰匙又有什麼用意呢？」

浦賀歪頭問道，五味淵露出銳利的目光。

「我推測身為女性的浦賀會住在安全措施完整的地方，使用的鑰匙也難以複製，因此犯人並未潛入浦賀的家，應該說沒辦法侵入才對。看了你們的鑰匙後，我發現自己的推測沒錯，才更確信犯人是使用備份鑰匙潛入了團員的家。」

浦賀在三次發文的時間都醒著，犯人的確沒有潛入她家，但是……

「說不定我剛好是第四個目標啊？」

五味淵堅定地搖頭回答：

「如果假設犯人的手法是趁團員睡著潛入屋子操作手機的話，鮫島比妳更難成為目標。他和獨居的你們不同，家裡還有同居女友在。」

犯人是犯下侵入住宅罪，必定會極力避開被屋主當場發現的可能性，因此獨居遠比兩人居住的屋子風險還低。即便如此，犯人還是先挑選有同居人的鮫島下手，這表示犯人有著想潛入浦賀家卻無法如願的理由。五味淵在確認團員的鑰匙後，證明自己的推理是正確的。

「就算犯人進不了浦賀家，也不需要特地輪流找其他團員下手吧？只要挑某個人，一直去他家不就好了嗎？」

五味淵輕鬆回答了佐久間的疑問：

「要是貼文都在同個人睡覺時發出的話，犯人的手法就很容易被察覺出來。為了防止手法曝光，犯人就算冒著危險也要輪流潛入其他團員的家。」

「話說回來，犯人又是怎麼知道我們的住址的呢？」

鮫島臉色蒼白地問道。

「只要在表演結束後偷偷尾隨你們就行了吧？這並不困難。」

「那麼，犯人要如何知道我們睡著了呢？」

「我想犯人是守在外面從窗戶監視、等待關燈的那一刻吧？只要再稍等一段時間，住戶就會睡著了。」

「就算熄燈了，也不代表人睡著了啊？」

「所以犯人敲門了啊。」

「敲門？」津崎忍不住提高聲調，「所以和跟蹤狂事件有關囉？」

「沒錯。犯人敲門確認屋裡的人有沒有反應後，才用鑰匙開門潛入的。只有對聲音敏感的津崎三次都被敲門聲給驚醒，讓犯人放棄潛入他家。以犯人的角度來看，第二次發文其實已經是第四次嘗試進入津崎家了。」

「就算犯人成功潛入屋內，要如何在不吵醒團員的情況下取得手機呢？手機解鎖的問題又該怎麼解決？」

五味淵並非沒考慮過我提出的癥結。

「不管是PIN碼、密碼或圖形鎖，只要團員解鎖手機時在旁邊偷看並記下來就成了。指紋鎖的話，就趁本人睡覺時用對方手指解鎖就好。臉部辨識的難度雖然比較高……你們有人是用臉部辨識嗎？」

沒有人舉手。四名團員中有兩個人使用圖形鎖，另外兩人是ＰＩＮ碼。

真相就是：犯人使用備份鑰匙潛入團員家、以團員的手機發文。在場沒有人提出異議。然而，犯人選擇這麼繁複又高風險的手法，卻只是為了在社群網站發表文章，這樣的執著讓我不寒而慄。

浦賀支支吾吾地開口發問：

「聽完你的推論……犯人來看過我們的表演，而且頻繁到可以批評和我們同台演出的三組樂團。還能知道團員住哪裡、甚至看得到大家解鎖手機的樣子，也就是說是我們身邊的人。五味淵老闆已經知道犯人是誰了嗎？」

浦賀一定也對犯人的身分有頭緒了吧。五味淵沉默不回答，過了一會才開口：

「我還沒有證據，所以打算對犯人設下陷阱。我需要你們幾個團員的幫助。」

陷阱就是：重新打開musique的帳號，誘使犯人再發表一次貼文，然後讓團員在家中等待犯人潛入。由於犯人沒有浦賀家的備份鑰匙、鮫島有同居女友、津崎則對聲音很敏感，五味淵斷定犯人會再次試著潛入佐久間的家。於是，逮補犯人的重責大任就落在佐久間身上。

雖然想過計畫順利成功的可能性不高，沒想到犯人真的掉入了陷阱。和我們猜想的一樣，犯人就是石館亞美。

「裝傻也沒用。妳是為了用musique的社群帳號發文才潛入屋子的吧？」

在我的逼問下，維持跪坐姿勢的石館露出掙扎的表情反駁：

「我看到佐久間走進這棟公寓，因為好奇才偷看一下而已……我不知道什麼社群帳號的事。」

「妳在操作手機時不能戴手套吧？只要好好調查，就能在潛入過的屋子裡發現妳的指紋，妳已經無處可逃了。」

我緊盯著她赤裸的雙手說完，石館沉默以對。話說回來，她現在已經是侵入他人住宅的現行犯，只要警察開始蒐證，就能找出石館潛入其他團員家的證據了吧。這樣一來，她也無法再否認自己和發文事件無關了。

「亞美……為什麼做出這種事？」

浦賀蹲下身子，與石館齊平視線問道。石館猶豫了一段時間後，終於開口：

「我不知道。我自己也不懂為什麼。我只是……很羨慕渚。」

我想起了石館在提起浦賀時說過的那句「有點互相競爭、同時也並肩作戰的心情」。

「我和渚是在高中時變得要好的。我的唱歌和吉他技巧都比較強，在觀眾前表演的經驗也更多，比渚還受歡迎。這應該不是我的錯覺。」

浦賀沒有出聲反駁，只是盯著石館。

「可是，我們的立場卻在不知不覺間調換了。組了musique的渚成長為當紅樂團，而我則失去了女高中生這個身分的特殊性，音樂表演也變得比以前更少，最後放棄了音樂之路。時間過得愈久，兩人之間的差距就愈來愈大。」

雖然很殘酷，但這種事情並不少見。音樂女神並不會對所有人都露出平等的笑容。

「但我還是打從心底支持著渚的。musique決定主流出道時，我感到像是自己的榮耀般高興不已……同個瞬間，我也無法壓抑對渚的羨慕。對渚的成功開心的自己、嫉妒到要發狂的自己，我彷彿要被撕裂成了兩半……我好痛苦，想要結束這一切，不知不覺中腦內只思考著要如何摧毀musique的未來。只要musique消失，我就能從這種痛苦中解脫了。」

石館雙手撐著地板，流著淚水哽咽地說。

我環視musique的團員。他們明明可以對石館發怒的，每個人臉上卻都毫無一絲怒氣，只是露出同情的表情。面對從不缺席一場表演，還會參加樂團慶功宴的石館，不只是浦賀，連其他團員也無法狠下心對她生氣吧。

石館害得無辜的musique瀕臨解散，確實犯了大錯。然而，我很能體會她痛苦的心情。看著石館亞美，我覺得她可能就是走錯一步後的我自己。讓這樣的我將石館交給警方、結束一切騷動，這樣真的好嗎？

我往前踏出一步，稍微擠開浦賀，站在石館正前方。

「我啊，以前也玩過樂團，也夢想過成為專業音樂人。」

石館抬起淚水縱橫的臉。

「雖然我的夢想沒有實現，但現在成為了《RQ》的編輯，每天都過得很充實。我在工作上得到了成就感，已經不會再看不起無法成為專業音樂人的自己了。」

我過去確實以當上《RQ》編輯這件事安慰自己。但如果我就這樣滿足了，反而會開始志得意滿，無法全心投入工作。大久保讓我看的郵件內容，證明了我的努力成果。

「要變成什麼樣的人」是沒有結論的。就算成為了音樂人，如果做出無聊的音樂、演奏技巧也沒有長進，也只會愈來愈看不起自己吧？不管成為什麼都好，自己擁有什麼才是最重要的。

「不是只有當上音樂人才會幸福，也不是成為名人、從事大家羨慕的工作才會快樂。妳今後一定也能成為某種身分的人。如果有那種閒時間阻礙別人，倒不如去尋找能像音樂一樣讓自己沉迷其中的事，然後拚命努力看看！」

由才出社會一年的我說這種話，可能還是太嫩了，然而，石館對我點了點頭。

「是的……我會加油的。」

石館重新對團員低頭道歉。或許不能說她受到了原諒吧，但團員之間的氣氛變得輕鬆了許多。

我轉頭望向五味淵，像是在說：「怎麼樣啊？」

五味淵露出了微笑。

10

musique的團員雖然似乎不想將事情鬧大，但考量到樂團受到的損失，也難以無罪赦免石館。最後，石館在浦賀的陪同下向警察自首，以侵入住宅罪移送法辦。

石館在自白中坦承備份鑰匙是在Legend的後台取樣的。她趁musique上台表演時潛入後台，以壓模複製鑰匙形狀。五味淵認為這起事件自己也有責任，便在Legend增設了置物櫃。

musique在社群網站上解釋了攻擊性貼文的真相，原先指責的網友突然風向一轉，開始同情起他們來。諷刺的是，musique因為這一連串的騷動提升了知名度，發售初期成績不佳的出道專輯開始熱賣。雖然石館一開始是想逼迫樂團解散，現在看來，反而將musique從經濟困難中解救出來。所以說，人生真是不知道未來會發生什麼事啊。不管怎麼樣，好作品賣得好，自然是最棒的結果了。

因此，musique也收回了解散的決定。結果雖然要歸功於五味淵，但我也算是成功將musique從解散危機中解救了出來。總而言之一切都順利解決，真是太好了。

接著，時間來到了四月，我迎來出社會後的第二年。

「音無，過來一下。」

校稿完最新一期《RQ》的四月下旬某日，大久保把我叫去他的座位旁。

「主編，什麼事？」

大久保躺在旋轉椅的椅背上，向我開口：

「妳的專欄會在七月交棒給新人。」

我倒抽一口氣，但仔細想想，這樣的安排也是理所當然。

「妳今後的工作是負責更活躍的樂團和音樂人，要好好準備啊……喂，妳在聽我說話嗎？」

我發著呆，連大久保「音無該不會是聽嘸我說的話吧？」的諧音笑話都聽不進耳裡。

這樣啊……我已經不再需要常常跑Legend了啊。

忙亂的新年度結束後來到了六月，我寫完最後一篇專欄稿，出發前往Legend。

我走出下北澤站，看見等待會合的路人、販售劇場門票的劇團成員。走過無數次的南口商店街依舊充滿活力。我不經意地抬起頭，滿是夕陽餘暉的天空如同我第一次踏進下北澤時看見的風景。

經過了一年，下北澤在車站前的開發工程下搖身一變。工程好像還沒結束，所以今後還會繼續改變吧。

然而，傳承在下北澤各處、對音樂的熱情肯定絲毫沒有改變吧。我也在心底抱著如此冀望。

我搭上住商混合大樓的電梯來到三樓，推開沉重的大門。我走向今天也在觀眾區角落抽著菸的五味淵，深深地低下頭。

「一年來感謝五味淵老闆的照顧，多虧了您，我順利結束了連載專欄的工作。」

「這樣啊。」五味淵低聲說道，我抬起臉。

「今後可能不會再像以前一樣，經常前來打擾五味淵老闆。但專欄將由新人接替負責，之後或許要請您多加照顧新人也說不定，屆時請再多多指教。」

五味淵吐出白煙，臉上掛著笑容說道：

「不用再看到妳，我反而樂得輕鬆哪。」

我也笑著回答：

「我也是呢。」

我不想要就這樣離開，於是死死地盯著自己的鞋尖。五味淵在抽完一整根菸的時間後，支支吾吾地小聲說道：

「……反正妳也很閒吧，偶爾過來一下也無妨。」

真是不坦率的傢伙！但我就是為了聽到這句話，才不離開的。

「說得也是。雖然我可是忙得要命，但還是得照顧可愛的新人嘛。我想來的時候會再來的。」

我如此說道，難掩因為開心而上揚的嘴角。

雖說也可以留下來看表演，但害羞的情緒讓我還是決定今天先回家。五味淵應該也和我一樣吧。他沒有看向我，只是猛烈地一根接一根抽著菸。

我再次向五味淵敬了禮，正要轉頭離開時，手提包裡的手機突然震動起來，來電人是大久保祥一。

「喂，我是音無。」

樂團還沒開始表演，我便直接接起電話。主編的聲音一反平時的悠哉，聽起來相當急切。

「音無，妳冷靜聽我說。」

「好的……怎麼了嗎？」

我感到困惑，話筒另一端傳來主編沉重的吸氣聲。

「新人辭職了。」

「……啥？」

「他辭職了啦。剛才交出了辭呈。我雖然想挽留，但對方似乎心意已決。」

我以為自己聽錯了。所有音樂愛好者都如此憧憬、在數千分之一錄取率下拔得頭籌才能進入的《RQ》編輯部，新人竟然辭職了？而且才待了兩個月而已！

「辭職的理由是什麼？」

「他說是個人因素。我沒仔細問，不知道詳情，但肯定不是什麼重大理由吧。」

我驚訝得說不出話來。《RQ》編輯這個頭銜，讓我自豪到甚至被五味淵認定高高在上，也曾是我人生中某段時期的心靈支柱，沒想到對其他人而言是沒有價值的事物。《RQ》編輯部只錄用少數菁英，每年釋出的招募名額都相當稀少，有時甚至沒有名額。今年也只預定錄取一名新人而已。

「音無，所以啊……」

「是的？」

「要請妳再負責一年的專欄了。拜託妳啦。」

電話掛斷了。我像空殼般呆立在原地，五味淵驚訝地看向我。

「溫泉蛋，怎麼啦？」

我雙手交疊在身體前方，再次向五味淵低下頭。

「五味淵老闆……今後也請您多多指教了！」

我抬起臉，看見菸蒂從五味淵張開的嘴中掉落在地。

今天，無論是在下北澤、其他某個城市，或是日本的某處，都有音樂人對音樂投入熱情持續地努力著吧。

我只是一個小小的雜誌編輯，無法幫得上太大的忙。但是，我希望這個世界能讓做出美好音樂的人仰賴音樂而活。畢竟我們大家都是受到音樂的鼓舞和安慰、感受音樂帶來的樂趣，一邊生活著的啊。

我希望能盡自己所能，支持這些音樂人。我想為最喜愛的音樂獻上人生，並且能夠聆聽音樂人來自靈魂的呼喊——無論是絕望、孤獨、幸福、歡喜。這就是我，音無多摩子活著的意義。

雖然我還是不成熟的新手編輯，接下來也要繼續努力——再怎麼微小的聲音，我都會用耳朵好好傾聽的。

日本暢銷小說 101
下北澤搖滾推理事件簿
下北沢インディーズ

作者｜岡崎琢磨
譯者｜丁安品
封面繪圖｜Gene
封面設計｜鄭婷之
協力編輯｜陳亭妤
責任編輯｜徐　凡

國際版權｜吳玲緯
行銷｜何維民　吳宇軒　陳欣岑　林欣平
業務｜李再星　陳紫晴　陳美燕　葉晉源
總編輯｜巫維珍
編輯總監｜劉麗真
總經理｜陳逸瑛
發行人｜凃玉雲
出版｜麥田出版
10483台北市民生東路二段141號5樓
電話：(02) 2500-7696
傳真：(02) 2500-1967
部落格：http://ryefield.pixnet.net
發行｜英屬蓋曼群島商家庭傳媒股份有限公司
城邦分公司
地址：10483台北市民生東路二段141號11樓
網址：http://www.cite.com.tw
客服專線：(02) 2500-7718｜2500-7719
24小時傳真專線：(02) 2500-1990｜2500-1991
服務時間：週一至週五 09:30-12:00｜13:30-17:00
劃撥帳號：19863813　戶名：書虫股份有限公司
讀者服務信箱：service@readingclub.com.tw
香港發行所｜城邦（香港）出版集團有限公司
地址：香港灣仔駱克道193號東超商業中心1樓
電話：+852-2508-6231
傳真：+852-2578-9337
馬新發行所｜城邦（馬新）出版集團
【Cite (M) Sdn. Bhd.】
地址：41-3, Jalan Radin Anum, Bandar Baru Sri Petaling, 57000 Kuala Lumpur, Malaysia.
電話：+603-9056-3833
傳真：+603-9057-6622
讀者服務信箱：services@cite.my

印刷｜中原造像股份有限公司
初版｜2022年3月
定價｜299元

國家圖書館出版品預行編目資料

下北澤搖滾推理事件簿／岡崎琢磨著；丁安品譯. -- 初版. -- 臺北市：麥田出版：家庭傳媒城邦分公司發行, 2022.03
面；　公分. --（日本暢銷小說；101）
譯自：下北沢インディーズ
ISBN 978-626-310-161-6（平裝）

861.57　　110020974

城邦讀書花園
www.cite.com.tw

ISBN 978-626-310-161-6
Printed in Taiwan.